記憶對話

第 45 屆時報文學獎得獎作品集

盧美杏　主編

序

記憶對話 字字發光

盧美杏／中國時報人間副刊主編

俄國小說家契訶夫說：「不要告訴我月亮在閃耀，讓我看看碎玻璃上的微光。」文學獎的作品就像那碎玻璃的微光，將個人的生命經驗與成長記憶，以文字在評審眼前閃耀著，它們或者只是靜靜陪伴父親返鄉，或者直指生命幽微，或者在虛實間走鋼索……，可喜的是，這些文字魔幻繽紛，不僅是創作，也為時代留下見證。

第四十五屆時報文學獎循往例，自七月一日起至七月卅一日截止徵件，依然透過網路報名及掛號報名兩種管道，共收到一千三百七十九件作品參賽，包含短篇小說類四百二十八篇、散文類三百五十七篇、新詩類四百一十二首、報導文學類一百八十二篇，其中當然包括來自中國大陸、美洲、東南亞等地的作者，因為全球華人的參與，讓評審林黛嫚盛讚，時報文學獎總能讓她看到最多元的文學視角。

今年的報導文學類鎖定家族書寫，時報文學獎將家族書寫列為競賽項目，也屬台灣各文學獎之首創，評審楊渡認為，一個人的生命中，如果能幫後代子孫留一本家史，那是最溫暖的家族共同記憶。我們期待作者回望自己的生命起源，並且與家族產生互動，留下深刻的家族故事，很高興四篇得獎作品讓評審、讀者透過文字窺得時代的肌理。

其中，〈我家祖先要搬家〉以遷葬帶出家族敘事，作者採客觀角度探看家族遷墓大小事，十八個金斗甕深藏了十八個故事，讀來意猶未盡；〈不走〉的作者遠赴撒哈拉沙漠，採訪遊牧民族芭荷妲家族，把一個渺小的家族紀事，透過三代人曲折與離散的悲哀故事，聯繫上部落與國族的命運，也讓家族書寫的邊界更向外拓展。〈走進父親的越戰青春〉看似在越南胡志明市旅行，實是作者走進老街區，一步步回想父親生活過的時空，讓大歷史的殘酷與家族史的卑微相映照；〈都是豬〉篇名純樸可愛，卻能從中看到土地的流變。

此屆散文得獎作品各具特色，〈造山〉作者從自卑的乳房到因為成為母親而得到救贖；〈Roomless〉以房間、空間、室內、室外、room及roomless擺盪於性向問題之間；〈幫媽媽拍照〉始於母親要換名改運，從事攝影工作的兒子返鄉為她拍照，再以母子二人合照作結，有如一首微帶輕愁的成長小曲；〈涉世三日〉（本文因未及取得授權，故未能收錄）文字清淡卻充滿飽實的生活感。

而在新詩類部分，今年時報文學獎依然將行數維持在五十至一百行，誠如評審所言，長詩要能敘事與抒情兼容，也必須把握詩美學上的簡潔及留白等，在在考驗詩人功力。進入決審的作品評審各有好惡，其中〈陪他回家〉以陪伴父親切入，平凡見深意，在親情間沉思；〈疼痛月會報〉從按摩談移工，透露出兩位女性的惺惺相惜；〈植物寓言－在瑪麗醫院〉以養老院入景，藉植物看人類的老邁悲涼；〈關於存在的一些詞彙〉文字簡潔且頗具哲理，降低讀者畏詩如畏蛇的困頓。

短篇小說類得獎作品中，〈在地球之上〉是悲傷的成長小說，也是魔幻寫實的鄉村地誌；〈家庭對話〉呈現中年女同的心內話，面對人生，有著不能簡化也無從割捨的複雜與纏綿；〈AIKO 愛子〉貌似懸疑推理的浪漫劇場，卻生猛又辛辣，既是闖關破案又處處反思；〈房間〉魔幻又寫實，所有的人生都在房間裡展開、前進，但「對現實無能為力，使我們創造那些不存在的房間」。

據統計，台灣有二百多個各式各樣文學獎，從企業到地方，從小品文到長篇小說，時報文學獎做為「元老」，期許能在時代洪流中，謹記文學初心，在傳統中創新，勇於挑戰各式題材，找到文學價值。感謝參與第四十五屆時報文學獎的所有參賽者，讓我們得見作者努力自記憶深處挖掘、淘洗生命精華的精彩作品，相信這些作品的微光都能積累成滿天星海，在文學之河閃閃發光。

目錄

散文類

短篇小說類

評審會議紀錄

報導文學類

首獎

張蘊之

出身自移徙家族，母語是粵語，現居台北。當過劇場人、編輯、獨立記者、旅行作家，深信離散也是一種認同。著有《吳哥深度導覽：神廟建築、神話傳說、藝術解析完整版》、《16 歲的壯遊課》、《澳洲不思議》等書。

▪ ▪ ▪ ▪ ▪

得獎感言

謝謝家人這十多年來忍受我一再重複的靈魂拷問，陪我慢慢拼湊出家族的轉徙流離，讓我知道自己是誰、在這座島上如何自處。也謝謝評審的肯定，讓遺民的聲音不被湮沒。

走進父親的越戰青春

在胡志明市的長途巴士站，計程車司機團團圍繞著我。我指著手機螢幕上的地圖，用英文重複了幾次「歌劇院」，也用越南語重複了幾次「二徵夫人路（Đường Hải Bà Trưng）」。一位年輕小伙子指指自己的手機，螢幕上顯示著越南常用的叫車軟體 Grab。我用 Grab 標誌出要去的地方與價格，他點點頭，我就上了他的車。

胡志明市的治安惡名昭彰，我一面向家人報告自己的確切位置，一面緊盯手機螢幕上的導航，心中盤算著潛在風險與應變措施：搶劫？繞路？人口販運？什麼時候要跳車？跳車時要用什麼姿勢著地才能快速逃離？

小伙子一路照著導航走，駕駛得平穩踏實。接近二徵夫人路時，路況變得擁塞。他用流利的英文問我，要在哪裡下車？

「帆船飯店（Caravelle Hotel）。」我說。帆船飯店和歌劇院一樣，是舊西貢的地標。

我投宿的地方其實不是帆船飯店，而是在它附近的一間小旅館。往年因為研究工作必須時常進出柬埔寨，我習慣不讓陌生人知道自己的住處，以免被劫掠。

台灣人常被形容身上帶著「鬆弛感」，這種鬆弛感，在我們家是沒有的。經歷過逃難的長輩們總在絮絮叨叨地咒罵些什麼，眼底泛著悲憤。若我多問兩句，就會換來一聲嘆息：「唉，人不為己天誅地滅，防人之心不可無。」但這句話背後的原因，我毫無頭緒。

靠近帆船飯店時，馬路兩側被併排停車的車輛擠得水泄不通，外籍酒客與濃妝豔抹的本地女侍在街邊高聲嬉鬧。我跟他說在這裡下車就行，他很有禮貌地幫我將行李從車上卸下。

終於到了，父親與他的家族，曾經扎根數代的地方。

西貢，第一郡

在父親的回憶裡，沒有「胡志明市」這個詞，提起故鄉，他總說是西貢的第一郡。老家所在的街區，是一段熱鬧非凡的酒吧街，白天賣小吃的攤販扛著扁擔川流不息，夜裡美國大兵尋歡作樂。從一九七一年父親離開越南算起，這個街區幾度物換星移，經歷過越戰、南北越統一、共產黨全面接管私人財產與土地，世代經商的華裔被迫遠走他鄉，沒想到相隔半世紀，酒吧街豔幟復張。

我拖著行李穿越車潮，來到下榻的旅館。這是一棟百年老屋，每一扇落地的木頭格子窗前，鑲嵌著上個世紀初流行的鑄鐵窗花。窗花藤蔓蜿蜒，對街的五光十色，將法國的殖民風情映入房內，與蒙塵的水晶吊燈交織，看似豪奢，實已破落。

十幾年來，因為工作需要，我造訪越南很多次，這是第一次在父親成長的街區落腳。這一區自法國殖民時期就叫做第一郡，是許多重大歷史事件的舞台。每次和越南朋友提到「我爸爸以前住在西貢歌劇院後面」，對方都會吃驚地望著我說：「你們家一定很有錢！」但我們家在台灣一向與富豪二字沾不上邊，也從來沒聽父親提過，少年時在老家有什麼神氣風光。現在這個街區被規畫成歷史保存特區，我很想知道，在這裡生活究竟是什麼感覺？

旅館距離父親的老家很近，拐個彎，走路兩分鐘就到了。說「老家」有點牽強，那棟房子早已不是爺爺嬤嬤經營的裁縫店，現在是一間兩層樓的便利商店，冷氣豪邁放送。姑姑曾說，她最喜歡在老家二樓增建的天臺上乘涼，西貢河吹來的風很舒服。我從房子的後巷回望，屋牆有改建的痕跡，那個天臺說不定還在，只是我們無緣再見。

網路上流傳著一張一九六九年外國記者拍攝的照片，從布林克斯酒店（The Brinks Hotel，已改建成西貢柏悅酒店，Park Hyatt Saigon）鳥瞰歌劇院後方的街區。照片中，老家所在的那排瓦房和台北大稻埕的街屋很像，也和東南亞每一座港口城市的華人店屋如出一轍：進深狹長，兩端開前後門，門面狹窄。前門開店迎客，後門接著廚廁。

西貢的確是一座港口城市，扼著西貢河的咽喉。西貢河是湄公河的其中一條支流，父親老家緊鄰白藤碼頭（Bến Bạch Đằng），那是法殖時期的軍港，海軍與國防的重要據點星羅密布。父親說，一九六〇年代的時候，歐陸風格的豪華酒店、歌劇院都匯聚在這條街上，服務豪商巨富與殖民者、各國外交官和駐西貢的外國媒體。父親離開越南前，偶爾會在這一帶的咖啡館小憩，聽鄰桌的外國記者們交換情報。

在西貢的往事是個時光囊，封存在長輩們心底。一直到三十多歲，我才知道父親來台時改換了名字。父親家族離開越南時，幾乎全都改了個新身分；而他們記憶中的家鄉，包括城市、道路與房舍，在Google地圖上也無法用父親記得的名字去搜尋，很多關鍵字，都被時代給抹除了。

那時，歌劇院的名字是議會

歌劇院是我與父親開始對話的起點。此前，父親對我而言，是一個高高在上的「父親」，一位訓誡者，名字並不重要。父親固執偏激，永遠不能理解我，我也不想理解他。

二〇一〇年，當我著手吳哥遺跡的田野調查計畫，向母親報告即將前往柬埔寨之際，父親突然插話：「我是用柬埔寨的出生紙免除越南兵役的。」

那是我們的人生軌跡第一次發生交集，也讓我突發奇想，是不是該試著了解一下父親的少年時代？

父親打開電腦上的 Google 地圖，找到西貢歌劇院。他指著歌劇院的位置說：「這裡是議會。我們家就在議會後面。這一帶是南越的政治中心。」議會是越南共和國的國會，父親用滑鼠在地圖上打圈圈，標誌出議會附近的幾間旅館：「美軍駐紮在這裡，外國記者和報社在這裡和這裡。」

他接著拖拉地圖，畫出一條路線：「在越南，滿十八歲就要當兵，那時南北越正在打仗，當兵就跟送死差不多。為了躲兵役，我託人從柬埔寨的金邊買了一張出生紙，證明我是柬埔寨出生。西貢到金邊很近，我就到越柬邊境交易。拿到出生紙，就可以免除兵役。」

為什麼柬埔寨出生的人不用當兵？「因為越南人認為柬埔寨人不值得信任，他們不可能對越南忠誠。」在父親的記憶中，這個理由既荒謬又合理。

當我正驚訝於父親竟然可以冷靜敘述這些事件，他的語調突然上揚，開始譏笑柬埔寨人的愚笨。我原想反駁，但如果我反駁了，這場對話就不可能繼續。

我們看待世界的態度完全相反。我總相信每個文化體都有它獨特的價值，應該要先開放地去理解；父親卻習慣用貶抑的方式去應對。而我在成長過程中遇到的種種挫折，父親也很少同理，他提出的解方往往讓我難以接受。「不適用。」我總這麼回應，父女之間的對峙周而復始。

出生紙事件與我即將啟程的調查路線重疊，我開始想聽他說話了。這對我來說很難，我發現大腦會自動消音，拒絕辨識父親提供的訊息。最初的幾年，我得忍住胃部的翻攪，反覆探詢那些聽漏了的細節，用紙筆一次次記下。

南方民族解放陣線與爆炸案

小時候的我很怕鬼，但父親總在我爆哭的時候，把我一個人關在漆黑的房間裡。其他長輩試著勸阻，他卻大吼：「哭累了就不哭了。」我縮在房間角落，屋外的路燈照亮樹枝，在牆上投影出鬼怪的嶙峋利爪。每當我驚恐地哭到氣力放盡，他總會用粵語罵我：「怕什麼？這世上是沒有鬼的！我跟死人堆一起睡了好幾個晚上，從來沒見過鬼！」

每次父親提起這件事，都是在開罵。久而久之，我練就了聽不見他講話。聽不見，但還是會呼吸困難、胃痛、耳鳴和頭痛。

待到父女倆能夠心平氣和地談話時，父親已七十多歲，我四十出頭，都過了血氣賁湧的年齡。我鼓起勇氣問父親，當年和屍體睡了好幾天，究竟是怎麼一回事？

父親的記憶充滿清晰的細節。那時他還在讀高中，擔任人民自衛隊隊長。人民自衛隊有點像是武裝版的社區巡邏志工，每家男丁只要不是役男，就得編入自衛隊，保衛街區安寧。

一九六〇年代，南越並不是全面支持民主政體，國內還是有一些青年嚮往北越與社會主義。他們組成南方民族解放陣線，不時在各地放置炸彈。這些事件發生得太頻繁，大多不被紀錄。最著名的爆炸案可能是一九六四年布林克斯酒店爆炸事件，被格雷安．葛林（Graham Greene）寫進小說《沉靜的美國人》，也拍成了電影。內藏炸藥的汽車停駐在布林克斯酒店的地下停車場，造成數十人傷亡，酒店底層嚴重受損，也讓美國改變了對付越共的策略。

布林克斯酒店是美軍軍官的宿舍，也是美軍電台「早安越南」的基地。隔著議會後方的空地，與美軍低階士兵住的大使旅館（the Ambassador Hotel）平行。兩排宿舍位於二徵夫人街西側，街道東側矗立著電燈公司，為南越軍隊的據點。三個軍方陣營圍著空地形成ㄇ字形，空地平時被用作停車場。

一天早晨六點多，宵禁剛結束，在空地附近的街角停放著一台腳踏車，車上裝著土製炸藥，被定時裝置引爆。爆炸時，一輛載滿建築工人的巴士正好經過，駐守的美軍與越南軍隊聽到爆炸聲，立刻舉槍衝向陽台，「他們抓起 M16 衝出來，對準巴士就是一陣掃射，把巴士打成了馬蜂窩。」車上所有人員大約四十人，全都無辜死於槍擊。

車內血肉橫飛，加上天氣熱，屍體腐爛得很快，惡臭四溢。那些建築工人都來自鄉下，身上帶著旅費與薪水。要聯繫親人前來認屍需要花上好幾天，警方便將巴士拖到空地，但警力不足，無法日夜看守，就下令人民自衛隊負責守夜，以免有人來偷死人錢，或是犬隻來啃咬屍體。

大家都怕鬼，不肯排夜班。父親年紀最小，又是自衛隊隊長，只好扛下這份苦差事。「有什麼辦法呀？只能硬著頭皮做啊！尤其是陪警察進去巴士裡搜索的時候，哇，每一腳都踩在肉泥、血水和脂肪裡，又臭又噁心，而且滿滿的都是蒼蠅。那個味道一輩子都忘不掉。」父親一開始覺得很倒霉，但負責守夜後，發現夜裡空氣涼爽，反而比白天要輕鬆得多；加上因為宵禁，街上無人，他可以躲得遠遠地避開屍臭，只要盯住巴士、把靠近的人趕走就好，可說是塞翁失馬。

「而且那塊空地啊，很邪喔，以前每年都會莫名其妙死一個人。那次事件之後，就沒有人死了喔。」

父親說著笑了起來，一切雲淡風輕。那是七十歲的雲淡風輕。「你以前想起這件事的時候才不是這樣。」我心裡暗自嘀咕。

而少年時的我卻從來沒意識到，對台灣社會而言，父親永遠是個局外人。口音、飲食習慣、價值觀，那些台灣人隱而不宣的基礎常識，每一個歧異點，都讓他感受到自己被社會排拒在外。從某個角度來說，我也是拒絕與他溝通的台灣人。

如果我們的足跡重疊，是不是可以更理解父親一點點？

那片空地現在是一座公園，綠草如茵。站在刻意雕琢的花徑中，陽光太熾烈，我瞇起眼睛，將眼前的景色拍下來，Line 給父親。

楊渡

現場與回憶的交融

這是以一趟旅行爲主線，卻是爲了追憶而進行的報導文學。今日的胡志明市，和作者父親記憶中的西貢家園已完全不同，作者透過場景、老街區的確認，慢慢回想起父親生活過的時空，原有的美軍駐地、議會、大飯店、妓女等等。而美軍屠殺一輛巴士後的大量死人，則是父親憤怒冷漠的根源。

本篇是此次家族史的作品中，結構完整，敍事最爲流暢的一篇。有個人對家族記憶的不解與疏離，有美軍大屠殺的歷史描述，有父親受此衝擊而抗拒鬼神的憤怒，有現場與回憶的交融，有大歷史的殘酷與家族史的卑微互相映照，一步步推進。最後，作者以淡淡的手筆，簡單傳訊，也是很好的結束。它彷彿是與父親和解，卻更像是要讓父親與歷史和解。

二獎

蔡適任

旅居摩洛哥多年，開辦「天堂島嶼」民宿，戮力推動撒哈拉深度導覽、生態旅遊與沙漠種樹等行動，以回應氣候變遷下的我們的時代。
因撒哈拉而有了以文字向世界發聲的想望，甘心當一條努力學新把戲的老狗。

▪ ▪ ▪ ▪ ▪

得獎感言

〈不走〉是眾多撒哈拉遊牧民族的共同故事，至今邊界依然封鎖，失蹤者未歸。今年初秋，歷史性暴雨落在沙漠，衝垮屋舍，帶走多人性命，卻也讓湖泊於長年乾旱後再現，遠因卻是愈形嚴峻的極端氣候。
謝謝評審，讓我人在撒哈拉帶旅客欣賞湖泊風光，亦能以文字向故鄉人訴說沙漠眞實故事。
願我不忘初衷，願大水再回荒漠。

不走

一、作爲邊界的那座山脈前

「這回我們是給芭荷妲送親族贊助的生活費的，她日子太苦。到時妳可別亂說話。」駕駛座上的貝桑說。

芭荷妲是我的撒哈拉遊牧民族夫婿的遠房姑姑，出生於二戰後的摩洛哥撒哈拉沙漠，生命前幾年在法國殖民下度過，即便摩洛哥早已在一九五六年獨立，生活於荒野的老嫗對改朝換代絲毫無感。

吉普車快速行駛礫漠，起伏地勢震得車身不停彈跳，烈日、高溫、乾燥與粉塵，累得我昏昏欲睡，心裡仍問著：為何她仍在沙漠？

傍晚，眼前一座長條形赭紅岩脈，我知已離邊界不遠，若再往前駛，只怕駐守邊疆的摩洛哥皇家軍隊就來了。

車子在一座小土屋前停下，一抹消瘦身影直挺挺站在歪斜門口。

「沙漠啥動靜都逃不過芭荷妲，早聽到車聲了。」貝桑說。

一位整潔素樸的老媼笑盈盈朝我們走來，即便年事已高且生活困苦，端莊美麗依舊。

二、土屋與井

我正想跟芭荷妲走進土屋，屋後忽有動靜，一位廿幾歲女子牽著背滿寶特瓶的驢子正朝遠方走去。

「那是奈伊瑪，芭荷妲孫女，正要去汲水。跟上去吧，她知道觀光客喜歡什麼。」

我明白貝桑希望將錢轉交給芭荷妲時，我能不在場，便朝奈伊瑪走去。

奈伊瑪笑了笑，大方自然地任我拍照，不同於一見相機就躲就逃就遮臉的遊牧婦女。

那古井離土屋約五百公尺，無人知曉這井啥時、由誰開鑿，彷彿自古便靜默完好隱匿草叢間，是阿拉賜予羊群、駱駝與遊牧民族的生命之源。

奈伊瑪牽驢走到井邊，解下驢身上的寶特瓶，奮力按壓幫浦，將水自井底打出，流入瓶裡，再綁回驢身上，牽至土屋，如此家裡才有水可用，屋前那群乾巴巴的羊兒也才有水喝。

進了廚房，奈伊瑪向我招手，做了個夾菸的手勢，我帶著歉意地搖頭。她指了指我，再以手指在唇邊左右劃著，我掏出口袋裡的護唇膏；她收下，做了數鈔票的動作，眼神裡有股難以形容的熱切老練，我掏出百元大鈔，她迅速收下，朝門外看了一眼，以食指壓在唇上。

走出廚房陰暗角落，她那年幼的女兒娜蒂雅睜著一雙圓溜溜大眼，在門口天真無憂地玩著。

三、離開與等待

這一戶就只四個人：芭荷妲、兒子艾齊、孫女奈伊瑪及曾孫女娜蒂雅，全家棲身於簡陋土屋，枯木、破布與泥土構築的屋頂勉強遮風、擋陽光，牆上幾個不規則小洞，說「窗」太牽強，卻也真實擔負起讓空氣與陽光進到屋裡的重責大任，每當風沙漫天飛揚，抑或寒夜凍徹骨，只需將破布、枕頭塞滿洞口，便是「關上了窗」。地上鋪著以撕成條狀的舊衣物織成的地毯，幾塊老舊枕頭倚著牆，房中央一只矮几，此外，空無一物。

長年乾旱將絕大多數遊牧民族趕進城裡打工，像芭荷妲這樣依然堅守沙漠者，寥寥數戶。事實上，我們這趟同樣受艾齊之託，來勸芭荷妲搬進綠洲的。

艾齊是芭荷妲獨子，也是她老年唯一依靠，傳統游牧早無法維持生計，艾齊想追隨他人住進綠洲，幫觀光客牽牽駱駝，賣賣紀念品，日子肯定更好過。

芭荷妲對艾齊的振振有詞置之不理，好整以暇地煮著茶，溫柔地跟我說：「沙漠的茶有股特殊味道，怕妳喝不慣。我們用來煮茶的水是鹹的，乾旱愈嚴重，井水就愈鹹。我這輩子喝過最甜的水是天空落下來的雨，我好懷念雨水的味道……」

艾齊被激怒了，大吼：「還想把我綁在這裡？我都三十六歲了，窮到沒錢討老婆！」眼見母子間即將爆發激烈爭吵，貝桑示意我離席，我在土屋外獨坐，滿眼乾枯石礫，連根草都難尋，僅幾棵金合歡佇立。

好一會兒，貝桑前來告訴我，眾人達成協議，艾齊明天就搭我們便車去綠洲找工作，女人們留守沙漠。

「芭荷妲呢？這麼荒蕪淒涼的地方，不適合老人家居住。」

「她還在等慕德回來。」

四、邊界與駱駝

慕德是芭荷妲丈夫，一九九二年，為了尋找迷路的駱駝，在邊界一帶失蹤了。

從芭荷妲土屋往日出的方向眺望，一條長形赤赭山脈綿延數十公里，區隔摩洛哥與阿爾及利亞，這兩個國家各自有一群身著草綠色軍服、手拿槍桿的人，捍衛無形的「國界」，不約而同沿著赤赭山脈埋地雷、駐兵。

過往「國家」、「政府」與「邊界」等字眼不存於遊牧民族傳統，整座撒哈拉屬於所有人，卻又不是任何人的，沒有人擁有任何一塊土地，是人隸屬於大地，遊牧民族在廣袤大漠自由來去，共享甜美肥沃水草地，唯阿拉是主宰。

一九六三年，本為兄弟之邦的摩洛哥與阿爾及利亞為了領土劃分打了一場「沙之戰」，「邊界」這新玩意兒慢慢在一望無際的荒漠誕生，常有遊牧民族誤闖禁區而受傷，甚至喪命。封鎖邊界的消息不時傳來，有些地方還因此發生武裝衝突。人們說，所有遊牧民族早晚得在山的這頭或那頭之間選一個。

有些家族選擇留在山的這頭，而決定到那頭過活的，將帳篷與家當綁妥在駱駝身上，攜家帶眷，半夜就著月光，走著唯有遊牧民族知悉的小徑，戍守邊疆的士兵渾然不知夜裡有著數支駱駝隊，伴隨一戶戶游牧人家，靜悄無聲跨越國界。

遊牧民族熱愛與族人相聚，「作伴同遊」幾乎是本能性決定。每當有一戶人家收拾帳篷，準備往山的那頭走，連帶鄰近幾戶也跟著動身，待出發，遷徙的駱駝隊伍已老長。

芭荷妲再不曾見過那天穿越山頭的族人，很快地，邊界封起，駐軍日多，本為同一家族的親人竟成「鄰國人」，從此音訊全無，永不再見。

族人跟雨水一樣，一年比一年少了，日子愈發不容易。

一九八八年，最小的兒子艾齊出生，那年雨水足些，人們說帶水而來的孩子是有福的。隔年卻開始乾旱，艾齊四歲時，沙漠旱極了，家裡一頭駱駝找草吃去了，有人在邊界似乎見著，慕德不顧勸阻，執意尋找，便再也沒有回來了，芭荷妲從此失去遷徙的力氣。一九九四年，兩國關閉邊界至今，芭荷妲更不可能走了，沿著赤赭山脈，覓得古井，搭起帳篷，帶著年幼孩子們住了下來，就靠幾頭羊兒與駱駝維生。

孤兒寡母在荒漠，苦不堪言，只要有族人勸她離開，她總一句：「不能讓慕德回來找不到我。」

大點兒的女兒都出嫁了，家裡全靠十四歲女兒薩拉把持。但乾旱實在太嚴重了，薩拉十七歲時，再怎不捨，芭荷妲還是讓她嫁進城裡，好歹日子舒服些。三年後，薩拉生了個女兒奈伊瑪，兩年後，人便走了，不稍一年，奈伊瑪便交託給芭荷妲扶養，直到她同樣嫁進城裡，幾年後離婚，帶著小孩娜蒂雅回來投靠芭荷妲。

「人們都說沙漠啥都長不出來，可妳瞧，這出去外面的生命，終究回到沙漠，還帶回新生命呢。」芭荷妲眼裡的光，是睿智，也是俏皮。

五、走入觀光業

芭荷妲向阿拉祈求的，從來只有再給沙漠多下一些雨，偶爾奢望慕德伴著大水歸來，然而阿拉回應她的，卻是一個接著一個觀光客，那數量，那頻率，遠多過落在沙漠上的雨滴。

好些族人靠著帶領外地人到沙漠體驗游牧生活來掙點家用，幫觀光客牽牽駱駝，或是充當野地嚮導。

「觀光客是衝著沙漠美景來的，到頭來，養活一戶戶遊牧人家的，終歸是沙漠。」芭荷妲如是說。

遊牧民族一貧如洗的境遇博得不少同情，觀光客紛紛「慈善救濟」。

芭荷妲靈機一動，在觀光客必經路徑旁築了土屋，還將帳篷給移了過來，好讓觀光客能輕易發現他們。偶有觀光客在土屋過夜，或是進帳篷躲避沙塵暴與烈日曝曬，喝喝茶，聊聊天。

無須任何人提點，無須學會外國語言，芭荷妲懂得將所有曾遭受的磨難苦痛堆放在臉上，她的笑總是含蓄友善，溫柔而悲傷，彷彿灑在沙漠的水，沁人心肺，轉瞬卻被枯涸沙地給收了去。甚至可說，觀光客的出現讓芭荷妲終於允許自己將生存折磨的痕跡自心底掏出，在臉上塗抹。當芭荷妲笑得愈是含蓄、悲傷而溫柔，當那抹笑愈是突如其來且不明所以地躲藏，愈發刺激觀光客掏出豐厚銀兩。

日子一個疊著一個地過，彷彿手一伸，人便也與慕德相聚了，偏偏艾齊掙錢能力遠不及她，責怪她死守沙漠，卻不知他們根本沒本錢搬進綠洲。沙漠好歹有個土屋可棲身，有井有水，靠著觀光客賞賜的銀兩，日子勉強還能過。一旦搬到綠洲，即使把全部的羊兒都給賣了，連付幾個月的房租水電都不夠。

芭荷妲捨不得兒子走，但她已經老得阻止不了什麼了。

六、眼裡的火焰

前來拜訪芭荷妲前，我在綠洲肉舖買了隻全雞，一來便交給她。

晚餐時，芭荷妲神情有異地端來一盤半焦雞肉與幾塊麵包，那雞肉就只沾了點鹽粒，放在炭火上烤熟，無任何調味。

芭荷妲一家大小全圍在餐桌旁，面無表情地盯著桌上那盤雞肉，我竟覺自己好似凶神惡煞，硬要從難民嘴邊搶下最後的活命食糧。

窩在芭荷妲懷裡的娜蒂雅哭了，童言童語，委委屈屈，被芭荷妲低聲斥喝。

我明白了，開口請芭荷妲全家一同享用，芭荷妲矜持了一會兒，以不符年齡的俐落手腳，迅速拿起一塊雞胸肉，塞進娜蒂雅嘴裡，再塞一塊到自己嘴裡，接著將雞肉夾在麵包裡，做成三明治，全家每人各發一塊，盤裡的雞肉去了泰半，我食慾全消，勉強嚥了幾口麵包，貝桑只喝了點水。

芭荷妲熱情地將盤子朝我們推了推。

「飽了飽了，這些全給孩子吧。」

貝桑話一說完，盤子立刻見底！在芭荷妲眼底燃燒的那把渴望且近乎貪婪的火讓我忽然明白，在沙漠過著沒水沒電，僅有麵包與一丁點洋蔥馬鈴薯可吃的芭荷妲一家，恐怕很久不曾見到這麼大塊完整的肉了。

當晚夢裡唯有芭荷妲那雙被雞肉點燃貪婪火焰的眼眸，與那張老邁卻依舊娟秀的臉龐。

七、跟雨一樣甜

隔日，天未亮，我就著微弱日光，拿著相機四處拍照。

芭荷妲招手要我進房，拿起傳統編織工具，坐在牆角，宛若完美模特兒與演技純熟的演員，氣定神閒地梳理起羊毛，給我最自然的畫面，極有耐性地任我拍照，許久許久。

我請貝桑拿了豐厚的住宿費給她。

正當我揹起相機與背包，走向車子，芭荷妲叫住我，當我仍一頭霧水，脖子上已綁了一條用棉線與珠珠串成的項鍊。

我從口袋掏出錢包，她搖頭。

珠子雖是廉價塑膠品，卻是老眼昏花的她花了大把時間與心神，才能以棉線將細小珠粒串成可以配戴的項鍊。

我無語，轉身卻見娜蒂雅瘦弱嬌小身影佇立曠野間，手裡緊抓著心愛玩具：一個沒了輪輻的廢棄腳踏車輪胎。

娜蒂雅跑來抱住她，說：「我想喝水。」

芭荷妲看著我，說：「這孩子都五歲了，到現在連一滴雨都沒見過，妳瞧這沙漠旱的。」接著低頭跟娜蒂雅說：「等艾齊到綠洲賺了錢，回來帶瓶礦泉水給妳，那水好喝，跟雨一樣甜。」

須文蔚

靈活筆法 側寫女性滄桑

作者遠赴撒哈拉沙漠，採訪遊牧民族芭荷妲家族的故事。由於作者嫻熟摩洛哥曾遭受殖民的過往，以及與阿爾及利亞超過半個世紀的領土衝突歷史，把一個渺小的家族紀事，透過三代人曲折與離散的悲哀故事，聯繫上部落與國族的命運，也讓家族書寫的邊界更向外拓展。

〈不走〉更展現出嫻熟的採訪技巧，作者能在田野中觀察與發問，以靈活的筆法側寫沙漠中隱忍的女性，不捨遷離，善於等待，在社會巨大的變遷的風潮中，無力阻擋孩子到外地發展，卻又能爲孫兒守住一片棲身的處所。通篇以詩意的筆法，見證在沙漠與駱駝中生存的不易，正因爲摒除了悲情與呼號的描寫，以冷靜、抒情與節制的語言襯托出芭荷妲孤獨的身影，如此深情，如此滄桑，如此令人難忘。

佳作

趙筱蓓

寫手。愛閱讀，更愛說故事。寫過劇本，出版過小說和生活類書籍。

▪▪▪▪▪

得獎感言

非常感謝評審老師們的青睞，我會持續記錄我家祖先搬家一事，以及完成我祖先在臺的故事。

我家祖先要搬家

一九八〇年後，宜蘭興起把同宗祖先墳墓整合為一個「家族墓」的興建風潮，我家族大長輩叔公們也趕上這潮流，為祖先們蓋了不算小的墓厝，讓祖先們齊聚一塊，也方便後人掃墓祭祖。三十三年後，為因應公所公墓公園化，父執輩決定幫祖先們搬家，火化成灰後先進暫厝區，待納骨塔完工再安置入內。

這天，一群人頂著烈日在墓地進行遷葬儀式，協助的地理師是二房的阿漢伯。

挖掘金斗甕的過程並不順利，高達十八個，還採碎石和石板固定，施作師傅們轉瞬疲累不已，發起牢騷。「一定是我爸的主意。」堂叔幽默道，惹笑一夥人，化解緊繃煩躁氣氛。

在大夥輪流挖掘，歷經五個多小時總算完成，所謂的吉時也從早上九點到十一時，延長到下午兩點。

碑文、日期、您是誰　三大待解決事件

祖先搬家過程中，衍生出三件事需要處理；第一件事是，碑文是否要廢除原本使用的「金浦」，改用堂號「天水」。再者是祖先的生歿日期的書寫方式；阿漢伯屬意，將清領、日治時期的年號全改用「民國」來記錄。第三件則是，劉姓祖先到底是誰？一般人家中只會供奉同姓氏的祖先牌位，但我家族還多了一個劉姓祖先牌位，阿漢伯更表示要拿掉，「不拜了。」聞言，不禁倒抽了一口氣，這樣好嗎？

堂號書寫在大廳正堂門楣上　牌位及墓碑刻的祖籍地

第一件事，家族成員在 line 群組中已有討論，多數人都表贊成改用堂號「天水」，唯獨我父親未表態，因沒向祖先稟告不宜貿然。

老實說，我不曾聽聞長輩提過「天水」，也未曾在老家公廳、任一處見過「天水」兩字，儘管這兩字看起來、讀起來都帶了那麼點詩意。堂叔們說族譜上有寫，他們所謂的祖譜其實是祖先牌位的內牌，上頭書寫了祖先諱名和生歿日期外，也確實寫著「天水郡」。因此基於內牌記載較準確，且「淵遠祖先千百年有文載明。」堂叔表示，多數人屬意更改。

但我不解了，若是如此，當年叔公們修築墓厝時怎麼不用，反沿用「金浦」呢？又什麼是堂號？使用規則為何？「天水」具什麼樣意義？

儘管滿腦子的問號，卻始終沒付諸行動，一直到阿漢伯在群組中寫道，「趙家堂號用天水，劉家堂號用華中。」當下那日他在墓園說的那句「不拜了！」也在耳邊響起，還伴著一種被切割，真心換絕情的心痛感。

事不宜遲，立刻動手查。拜網路發達之賜，找到韋煙灶、張智欽老師的《臺灣漢人之堂號—兼論閩南人與客家人堂號之差異》研究，內文提到：「堂號主要鏤刻或書寫在大廳（公廳）正堂門楣上的正中央位置，醒目的提示後人祖先的原籍；臺灣漢人祖先牌位及墓碑所刻的地望多為祖籍地，少數家族的祖先牌位及墓碑所標示的地望也用堂號，而不名祖籍地者。」

為能說服長輩，再以「天水堂」為關鍵字進行搜尋。刪去北埔新姜與大樹姑婆寮莊氏的古厝名，找到了位在大肚大東里的趙氏祠堂「天水堂」。想及，父親曾聽聞祖先是從大肚遷移至宜蘭；任教期間，一位同姓老師也問過我，是否來自大肚？又發現，大肚趙氏家族祖先來自漳州，還有「天水堂」相關歷史研究，二話不說立即去電。

一聯繫到大東趙先生，迅速自我介紹和表明來意，遂知堂號只用於公廳、宗祠，碑文上用的是金浦。不論是堂號的使用限制或同祖籍，都讓我大為振奮，看來我的祖先與大肚趙氏家族似乎有那麼點關係。

根據楊緒賢的《臺灣區姓氏堂號考》，明清時期從漳浦縣渡海來臺的趙氏族人，主要入墾臺中大肚；而《清代噶瑪蘭漢人的人口與社會變遷》一書中，亦提及楊熙老師的研究，一八一一年後有大批從其他舊墾殖區的人湧入噶瑪蘭這個新的墾殖區；周宗賢教授也於《台灣宜蘭與福建漳浦關係初探》之評論中說道，「墾拓宜蘭的先民，很多人不是直接從中國大陸渡海來到宜蘭開墾，絕大多數是先在別的地方登陸，再遷徙到宜蘭。」心想或許可以透過大肚趙氏家族，能得知我家祖先的遷徙路徑和時間，不過這開心情緒維持不到一分鐘。

「他名字是哪個輩分？」趙先生問。

「我查過了，家族和祖先都沒有照輩分命名……」我帶著歉意答，非故意攀附。

「這樣啊，或許是我們另外兩個……」

經趙先生耐心解釋與提供的資料，才知大肚趙氏除了大東聚落外，還有和平與磺溪，均屬三大派（太祖、太宗和魏王）中的太祖派，只是我還沒找到有關祖先的蛛絲馬跡。

同時間，趙姓學長也回應我的詢問了。他表示，其宗族堂號是「天水」，祖先遷徙路徑是金門到澎湖，最後落腳苗栗後龍，祖先牌位寫的是「銀同」。

截至目前，可以確定的是「堂號書寫在大廳正堂門楣上，而牌位及墓碑刻的祖籍地」。我便在群組中貼出查證結果，請叔伯們參考，也表示劉氏堂號有彭城、沛國、南陽、黎照、德馨等數個，無法得知何者正確，若要更改，需再考量。

這結果說服了叔叔們，決議沿用金浦，更沒讓劉氏祖先被排擠。

便宜行事態度　只會讓後輩更不關心

第二是祖先之生歿書寫方式。依照阿漢伯希望，將出現「民國前一一五年」、「民國前八四年」，理由是方便計算。於是我說，「用西元，是不是更方便！」迅即獲得叔叔們認同，他們開始遊說。

「西元是天主教、基督教在用的，我們中國佛教沒有人用這個。」阿漢伯最終不小心吐露，卻被堂叔吐槽，「你是政治考量吧！」

眾人堅持下，阿漢伯改口說要維持當時年號，大夥一致點頭通過。原猜測阿漢伯會將日治年號改以民國表示，萬萬沒想到結果竟是十八位祖先的生歿日期全變成「吉年吉月吉日」，基於「二生夾一老合為一生」的原則，也就是字數須依「生、老、病、死、苦」的字數規則，才能趨吉避凶。

先撇除「二生夾一老」是否有誤，這不僅給人便宜行事、不負責的心態，甚至還有「懲罰沒犯錯的人以達管理之效」之感，幸好叔叔們多認為不妥，紛紛提供自家內牌資料。

自認擅長資料彙整的我，也著手整理，由於資料內容不一，抑或遺落、筆誤，頗耗精力，花了一天的時間才整理出十八位祖先們的生歿日期，然並不完整。可依時間與常理判斷有誤者，以刪除線標出，並表明理由；完全無法判斷者，則標以紅色字體與問號；最後以樹狀圖呈現，方便閱讀。

我將整理好的樹狀圖貼上群組，簡略說明後，並再請大家多提供資料，使內容更詳實，畢竟未來還要製作族譜。

從推翻堂號的使用到生歿日期的彙整，我果然惹阿漢伯不開心了。

隔日一早他先貼出靜心語提醒有心者，接著說，大家提供的資料都不正確，但他可用其專業進行「考證」，並再次重申，「如未能取得統一資料，交給專業處理可」，然後我就被點名了。

迅即向阿漢伯表明無意挑戰他專業之意，單純想做，他則說自己是以「疑（釐）清事實為要」，接著要我整理認為合理的祖先資料供大家參考。咦？我不是整理好了，只好諾諾回，彙整好資料已在昨日上傳，也再度說明有疑點之處。

「還是沒有共識的答案不是嗎？」阿漢伯反問，「妳認為？」

我不懂他到底想表達什麼，再說我認為的「共識」是眾人經過一番提問和討論才達到的，但他既沒提出問題，也沒討論，永遠只有一句「相信專業，免落人口實，為時已晚」，而這短短一句話裡卻錯了好幾個字，就別論其他發言的錯字連篇，其實這也是我主動進行彙整的原因之一，至少我的錯字率低。

這時，我被提醒「注意說話口氣」及請保持「心平氣和」，儒家的輩份觀念總是讓人沮喪，既無法就事論事，還很鄉愿。

想及，那日長輩們把告知堂伯母轉帳帳號一事交給我，儘管我與她生疏，各居不同城市，又她幾乎不回家，多年來話說不到十句，也只能硬著頭皮撥出電話。一知我來意，堂伯母失控了，大吼大叫，既不讓我說也不聽我說，嚇得把手機轉給叔叔。掛上電話後，叔叔們建議，晚上再撥給她兒子，「跟年輕人講才會通。」

晚上再去電，堂伯母先是拒讓我與堂弟對話，緊接是一陣令人措手不及的飆罵，越罵還越起勁。不滿情緒漸漸高漲，深吸了口氣，我決然掛上電話。孤單感突地來襲，望著神明桌上的劉姓祖先牌位，嘆了口氣，無聲說我盡力了。

家中有不順遂之事　異姓祖先在作祟？

據傳，我某世祖先因不順遂，求問術士後，神明桌上便出現了劉姓祖先牌位，而這一拜已超過五代。但劉姓祖先到底是誰？

根據我收到的第一份資料顯示，劉姓祖先和其趙姓妻子（劉媽），與我家族渡台祖並列為十四世，其中十四世祖先卒於一七二五～一七九六年間、其妻卒於一八三〇年，而劉氏祖先和其妻趙氏則卒於一八二一～一八五〇年間。由此可知，後三人都比先祖多活了近二十餘年，因此，我試著依他們離世時間推敲，劉姓祖先的妻子應是十四世祖先的妹妹，兩家結伴渡台發展，但不幸祖先早逝，留下妻子和幼子，幸有劉姓祖先協助，才能度過難關。若真如此，真覺得基於仁義，絕不能辜負他的協助。

然而這故事很快被推翻了。新資料顯示劉氏祖先為十六世，生卒年是一八二二～一八六六年，其妻是高氏，又內牌以劉公、劉媽稱。雖無法得知其與祖先的關係，可確定的是沒有招贅關係，更非隨女兒陪嫁而來。

全然沒頭緒之時，恰好閱讀到英俊宏於《現今台灣民間公媽牌奉祀的演變》研究中提到，民間傳說那些寄居在異性家中的祖先牌位為爭奪香火供奉或提高自己的地位，經常作祟，因此「家中有不順遂之事，若求以術士問事，答案很容易以雙姓公媽作祟來解釋；以致目前對供奉雙姓公媽有疑慮或是不諳儀節的家庭，常以祖牌進塔供奉為選擇方式。」儘管不同意但理解了。

毅然決然地冒險精神　更值得炫耀

上香時，看著兩個祖先牌位，突覺得祂們既神聖又俗世，跟我們共居一屋一塊生活；我們總以自己喜愛的食物祭拜，祂們也隨意，這天供桌上的是炸雞和披薩。正是這種敬意中還帶著親暱的情感，讓我在找尋答案過程中，更體悟到自己對祖先的權利義務，同時也理解人可依自己所需或所面臨的問題，隨時調整與祖先之間的距離與對應。

截至目前，從史料、時間、禮俗等可知，我家族應非來自趙宋皇族，更不具有堂叔期待的皇室血統。然根據記載，乾隆年間的漳浦縣天災人禍連年，居民們不得不結群往外尋找生路，驚險通過黑水溝渡臺。我家先祖不僅渡過黑水溝，還在沒同宗族人陪同下，進入未開墾的噶瑪蘭地區，光是這探險精神就值得後輩敬仰了，又見我家族人分散全臺各地，且對風險的承受力特別強，這肯定是承襲了渡臺先祖的冒險基因。

楊富閔

遷葬書寫「待」字留伏筆

本次參賽作品，諸多採取直面家族敘事的寫法，〈我家祖先要搬家〉的作者則選擇了一個相對疏離的發聲位置，因而家族成爲了一個客體、對象與題目。我們讀到了作者如何經由研究、閱讀乃至親身的踐履，重新應答了這個文學史上作家不停重探的主題。

遷葬書寫是一個相當複雜的題材，牽動鄉土、家族，現代／傳統、乃至認同等概念，具備了跨領域、跨學科的特質。作者在有限篇幅，扼要點出「三大待解決」的事件，文章結構應運而生，層次清晰。全文處處可見探問、求索的句型。「待」字留下了伏筆，使得〈我家祖先要搬家〉如同一篇序言。作者在家族故事的寫法展現新意，而十八個金斗甕，相信也將不只是十八個故事。這篇文章內蘊厚實的故事能量，令人期待未來的開展。

佳作

蔡仲恕

從嘉義農專畢業，進了經濟部水利署第五河川分署服務，直到退休。

▪ ▪ ▪ ▪ ▪

得獎感言

這篇創作，承載我對家的愛與牽掛。得獎助於家人的凝聚，三個孩子比我先讀到「伊媚兒」得獎通知，約定一起出席頒獎，分享我得獎的喜悅。謝謝主辦單位，謝謝家人支持我創作。

都是豬

穿梭在善化鎮區碎石路的種公豬，沿途晃動牠身後那兩坨大睪丸，口中留著白沫般的「豬哥灡（涎）」，一身濃濃雄性賀爾蒙腥羶味，在所謂「牽豬哥」趕集路上，遇到轉彎路口，阿公手上的細竹條，往種豬公左邊身上一抽，牠就右轉彎。阿公亦步亦趨跟在種公豬後面，前往業主家與母豬進行配種工作。

阿公牽的種公豬，腰細、臀肥及睪丸壯碩，屬於「狗公腰」體形，是配種成功率高的好豬公。抵達配種業主家，種公豬像識途老馬，迫不及待騎到母豬身上。體型較瘦小的母豬第一時間未能撐住壓頂的體重，後腿癱軟在地。為了交配順利並防止母豬受傷，業主家搬來稻草，鋪在母豬四肢與下腹間，待種公豬前腿再度蹬騎到母豬身上，阿公迅及將扁擔伸進母豬下腹頂住，當作俗稱的「砲架」，才順利完成這場配種交易。

日據時代，阿公從農林學校畢業，接手家裡養豬事業，他從配種到成豬宰殺、擺攤銷售，全都一手包辦。家裡豬舍養豬的磚造格框，大抵分成懷孕母豬及哺乳幼豬的分娩舍；離乳後成長至二十週齡前的保育舍；二十週齡後至待宰的成豬舍；種公豬外出配種的公豬舍等四大類。阿公為維持屠宰日都有二頭成豬送屠宰場宰殺後擺攤販賣，豬舍從小豬仔到成豬分類管理，豬舍常態維持有兩百多頭豬。

阿公養的成豬重達七十五公斤以上，需釘下耳標鉗，倒數待宰的日子；待宰成豬前幾日再以刺青標記。這些根植在阿公養豬工作的紀律，雖然牽豬哥成為影射性交易的貶意；宰豬販售也被貶抑成粗鄙低俗的屠夫形象。這些刻板的印象，透著家裡牆上掛著阿公牽豬哥所戴的「尿杓帽」照片，壓得低低的帽沿，除了是防曬，更多的意義是遮掩外界鄙視的夾縫中，撐起一家經濟。

阿公、阿媽身處極度物資匱乏的困苦年代，在那樣時代背景的生活切面，如同從實際生活的揀選中，積極以勞力、苦力及努力營生。阿公、阿媽撐起整個家的積餘，不只在養豬事業上而已，他們更重視七個兒女的教育，同樣在教育匱乏的日據時代，他們都受到高中程度以上的教育；阿公、阿媽更是省吃儉用積攢購得一公頃多的農地，放租給佃農耕作。

殖民統治的日據時期，讀書還得按國籍血統區分學校，除非是成績特別優秀、關係特別好，台灣囝仔不容易擠進以日本人就讀為主的學校。姑母及伯父們，就是以優秀的成績，進入以日本人就讀為主的第一中學（高校），有的甚至在高中畢業後負笈日本留學，學成後分別在教育界及法院服務。阿公從事最埋汰的養豬工作，到老倦眼回眸自己被光陰遮蔽的曾經，一輩子努力過的辛酸，下一代以好成就讓阿公得到最佳的慰藉。

身為阿公么兒的父親，從小最被寵溺，高中畢業後，透過在法院當推事（法官）的大姑母介紹，一路由執達員、錄事，幹到書記官。父親本以為軍事旁午般的生活，會是他一生工作的寫照。怎奈父親成家前，阿公罹癌驟逝，又逢光復初期政府實施三七五減租及耕者有其田政策，父親被迫辭掉法院工作，自佃農手中收回農地耕種。父親接手家裡的養豬事業後，也想藉阿公留下的家業根基，經營生活沃壤，但現實面是父親由公務員轉變成農夫，對他存在一股嚴重的違和感及相對剝奪感。

父親在阿公過世百日內，遵照台灣傳統習俗，跟母親完婚。剛新婚的父親，在農桑、養豬方面，接受外公及舅舅們專業輔導，但父親缺乏擔起家業的使命感，大部分時間蟄居在家，倚窗與自己的影子對坐，綴以古老的留聲機，重覆播放東洋歌曲。接掌家業無成的父親嘗試去國小當教員，但工作如驟風般，一下子遠颺到無影蹤。家道就在父親工作難以為繼中，將阿公積攢的家底用罄。

外公在台糖公司養豬場服務，他循著在台糖學到那套專業、規律有序的養豬技術，也在自家農地蓋起豬舍養豬。且外公靠著家裡經營澱粉工廠（粉間），製作過程浮在沉澱池水面上的「粉頭」及沉澱池底下發酵後的「粉濁」，不適合製成食用澱粉，但營養價值極高，外公將它拌入豬菜內一起蒸煮餵豬，養的成豬體態均勻、壯碩，賣相極佳。

當年善化鎮郊南科現址農地便宜，外公每賣一頭豬，就可在當地買一分地。外公直到退休前，在南科現址一帶，購得近五十公頃農地。而四個舅舅更在外公規劃下，兩位進台糖服務、一位接粉間事業、另一位接養豬事業。當時外公創造出豐厚家底，每日外公家廚房，兩座大灶升起的裊裊煙篆，一邊是煮豬菜；另一邊是造起大鍋飯。

擎不起家業的父親，造成與母親娘家不同的生活層次。一昧坐等機遇的家父，等來的是家庭的阮囊羞澀。而如此傾頹的家庭生活背景，換來父親對母親及家人暴力相向。認分的母親摒除在娘家養尊處優，做起女紅，舉凡刺繡、縫紉或繡學號，有時還到工廠當臨時工，賺取微薄，帶領我們一家七口度過生活困境，拉拔我們長大、就業。

父親經營出沒有亮光的家庭氛圍，將全家桎梏於生活角落。大哥長兄如父，國小畢業後擔起部分家計，他從麵包廠學徒當起，到成為國內名麵包師傅；二哥與我分別就讀機械工程與水利工程，大學畢業後，各頂一片天，成為機械工程師及水利工程師；大姊和小妹大學畢業後，進入公務部門作研究工作。我們手足五人，都有一份穩定工作，回饋母親的劬勞。

但生命的無始劫，像是得到詛咒般，纏繞著我們一家。大哥一場車禍，將他的餘生撞進療養院；二哥日以繼夜成功研發多功能的塑膠射出機械，卻因操勞過度，得到肝癌早逝；我更因治水，被流沙漩渦捲入河中，頸椎遭外物重擊，癒後被判定終生癱坐輪椅。家裡不幸的變故接踵而至，母親卻連蹙眉的反應時間都沒有，連接血脈親情形成一股破碎的大悲愴。

鄰里街坊流傳家裡因政府道路徵收，住的三合院右廂房遭破壞，沒能及時修補風水，才會連番遭逢不幸。尤有甚者，形穢我家先祖因為殺豬，導致寃親債主，相繼找上門，家庭才會有連環災禍發生。外人的殺豬造業之說，無異在我家的傷口撒鹽，讓我們一家受過傷的心版，囚禁在殘墨淡影的世界中。那時也沒好方法讓家庭脫困，只能隨著時間拉長，讓那些蜚短流長的囈語，逐漸噤聲消散，再慢慢撫平傷痛，以時間換取空間來轉化家庭的不堪。

而我堅信家庭所有的生活片段，都是一部因果相續的故事集，故事中的起承轉合，都是我無法逆料的篇章。我當時若能知道婚前一個月，被流沙捲進溪流中，差點要了我的生命，導致被醫師判定終身癱坐輪椅且被退婚時，我會感恩上天給我這段逆緣分，讓我展現過人的生命力，克服脊椎受傷者大小便失禁等障礙，坐在輪椅重回職場，且包著尿布，克服極地寒溫，奔赴大陸東北與內人結婚。

我婚後以試管嬰兒人工受孕方式，前後兩胎育養三個明珠寶貝。對於曾遭遇過大苦難的我，辛苦建立的家，自能比尋常人更能感受幸福的能力。而在這樣的人生背景經歷，我堅信正是這股剛毅與柔軟並蓄的生活信念，讓那些在我家庭遭遇不堪的閒言閒語，給了他們最好的應答，也順手回饋給孩子們最佳的身教。

時光倏地而過，三個孩子如今各頂一片天，在職場發揮專業所長。內人從沒忘記回首看待這段苦澀的前塵，不斷教育孩子柔軟看待自己成長背景，那是建立在辛苦營生，積極向善也向上生活。更應該體恤父親（我）坐著輪椅、裝著導尿管又或者包著尿布，在職場賺取比別人更「辛酸」的錢，擎起家道。內人如此教育孩子，無非讓他們成長過程中，那些曾經經歷過的辛苦生活畫面，深深刻劃在三個孩子的腦門中，成為牽扯他們不致率性妄為的生活準則。

而家大業大的外公家，家業傳承到第二代，遇到台灣戰後幾波景氣的低迷，他們厚實的家底，不畏台灣經濟更迭，仍然屹立不倒。細究起外公家族事業，並非一直搭在景氣的風口浪尖上，只是四個舅舅分別從事糖廠工作、養豬及經營粉間等事業，工作上大家互相連通勾串，形成一種垂直式的幫襯行為，共同擎起家族不倒的經濟大纛。

就像製糖的大舅，從糖廠運回一包包蔗渣，當成田間的有機堆肥，讓厝舅仔培植最佳地力，種出碩大、纖維細的紅番薯，提供給粉間製造出品質好的番薯粉。而一樣待在糖廠的二舅，負責養豬工作，時不時將養豬先進技術傳授給三舅，讓三舅能以最少成本養豬。到了粉間事業式微，製成的番薯粉滯銷，四個舅媽變通將滯銷的番薯粉再加工製成粉圓、粉粿、米苔目等特色小吃原料，賣給小吃店家，度過粉間事業的不景氣。四個舅舅看似不互相關的工作，卻在互為幫忙中，維持家業興旺。

外公家族家業傳承到第三代，遇到東南亞價格低的番薯粉大軍壓境，農民不願再種植利潤微薄的地瓜，交與粉間加工。最終屘舅仔經營的粉間事業不敵大環境，正式結束粉間事業。外公家粉間事業結束後第三年，養豬事業無法獲得來自粉間的粉濁及粉頭的營養添加，造成養豬成本增加；且當時養豬廢水採固液分離等三段式廢水處理，蓋在田中央的豬舍，沒有鄰近的排水溝，施作廢水處理循環系統，養豬事業也被迫終止。

粉間及養豬事業相繼收攤後，外公家族改經營瓜果種原培育及園藝盆景事業，並就近接受亞洲蔬菜研究發展中心的專業輔導。新的事業很需勞力，外公家族盤錯到第三代的人力，足以供應新事業所需勞力。他們將原來的豬舍改建成工寮，家族成員全體進駐，從朝暉展放至日落眾家口劬勞在地裡培育種苗工作，日久縱橫深埋在他們黧黑臉頰的條條皺紋，坎入的是另一番事業的豐盈。

直到南科特定計畫區啟動徵收，大部分田地都在徵收範圍內的外公家族第三代成員，田地被徵收後，每人滿滿現金流。沒有正職工作的他們，個個化身為炒地皮專家，每日開著車在南科計畫區附近梭巡土地與房子賣家。幾次交易成功後，轉手間一買一賣，就能有大筆利潤，他們趨之若鶩，深怕掛萬漏一，失去任一次交易機會，於是買了空拍機，藉空拍機俯瞰大南科計畫區現況，只要拍攝到有插旗、拉布條的賣屋、賣地廣告，即刻展現瘋狂搶購行為。

那樣的瘋狂與執著，進化成一種走火入魔的行為，外公家族第三代成立土地開發公司，部分業務委託所謂的「風水師、地理仙仔」處理。他們在南科附近，專找一些守著舊房的老弱出手，被鎖定的業主，風水師們以風水不佳的論點進行情緒勒索、遊說土地所有權人將土地賣出，才能翻轉生活。我也是被鎖定的老弱，地理仙仔形穢我家祖先是殺豬、養豬業者，家中底氣被豬仔魂靈盤據，唯有將土地、老宅賣出，才能擺脫冤親債主……

我滿臉疑惑，都曾養豬，怎麼我家養的是會要債的豬，而你們老闆養的都是會咬錢的金錢豬。

楊富閔

知性、分析又抒情

自日治時期以來，土地書寫一直是台灣文人念茲在茲、不停複寫，重探的題目。這篇文章從畜產角度出發，題材殊異，而作者說故事的方式：一方面交織農村生活的今昔；一方面則結合家族敘事，再藉由個體的生命作爲時間的中軸，多重參照。

全文可以讀到作者對於養豬知識的熟稔，同時跟著作者的筆觸，探見南部鄉村地景地貌的折變。體會到了，土地的表情其實是流動的。這篇文章也提供我們思考：當報導文學遇到了家族故事，如何不同於傳統的散文書寫？本文有其關照視野：作者的筆法，可以深入細節，亦可調度場景；同時闡發一己之情。在知性、分析與抒情之間，講述著此時此刻，台灣的土地的故事。

新詩類

首獎

陳家朗

98 年生於澳門，臺大中文人，別有天詩社一員。曾獲臺北文學獎現代詩首獎、金車新詩獎、澳門文學獎。現為培正中學中文教師。一直寫詩，願能繼承詩人們的意志與光輝。

▪ ▪ ▪ ▪ ▪

得獎感言

謝謝我太太。寫這首詩時，我正往返醫院，極為擔憂身體。那時她陪著我，奉獻心神與時間。我們會相互陪伴一生的。謝謝我敬愛的詩人，和在文學路上教我的老師們……是你們教會了我甚麼是文學的繩結，及光芒。我的好友們，經過了這些年月，謝謝你們還當我是朋友。謝謝我的親人，特別是父母，是你們創作了我。

植物寓言——在瑪麗醫院

1

在診室外等著，無事
可做而定眼看著
牆上的人體血管透視圖。大量的血管
扎根體內，人看起來便像是
長著根鬚的
植物，但人怎麼會是不動的植物？而我慢慢地

走到走廊盡頭，一扇窗
之外，是鋪滿山坡的墳墓，墓間

叢生的長草，身上吸滿了日光
隨風，搖擺著……走廊內
走路一跛一跛的人搖擺著
接著我又回到了診室

門外，種著一棵大仙人掌，我便想起
家裡的仙人掌是從阿婆家
接枝過來的。它站立時頭像是低垂著（全身刺滿
廢棄的時針）而接枝後的仙人掌長大
與原來那棵的站姿
竟又是那樣的相似，彷彿

保有的是同一個靈魂

仙人掌，是從阿婆家走到了我家

2

走到了這裡。這時隔座的病人，一個老伯伯
坐在輪椅上
一動不能動，他低著頭，跟身後的
移工姐姐說著自己的往事，聲線
是何等的溫柔：有時是一根長草
被風吹動的聲音
有時是，那仙人掌
低垂的頭腦，帶給人的眷顧般的寧靜。老伯伯

身穿綠色病人服，露出病人服外的
他已變得稀疏的手毛
以及頭髮，仙人掌儲光的毛刺。老伯伯是
一棵在時間流中行走的仙人掌，一段一段
記憶是接枝，尤如

仙人掌待過阿婆家，是一段記憶，等到
接枝後轉來待在我家又是一段
或者有人是那些窗外的長草，枯萎後
再在別處長出卽是
我們的移動……

——而再過一陣子，突然
就陰沉下來的天色

吵吵的雨聲，使那自全身
連繫至腦部的根莖
長成的髮的長草
同於那些窗外，叢生
冒雨上坡的掃墓者……（可見他們
極其緩慢的走動，將時間變慢
滯留的悲傷）——而相對於

仙人掌和草，我們

便是走得比較快的植物

當在診室門外的

仙人掌與候診中的我

說著這些（雨聲）

而再不久，在我與它的對話（漸止）

再次回到了寂靜

之後——我回過頭來

看向老伯伯那個方向，我看見他

已被移動到了另一邊：窗下的

角落，他身後

的移工姐姐走開了（可能是

去買些甚麼了吧）而在老伯伯身後

一株散尾葵垂落

垂落在他背上，窗外，雨過後的陽光也滲漏進來

他背上的散尾葵

在輕微，風的氣流裡，竟成爲一雙震顫的
時針……也是，一雙微顫的手，或者是
爲了去幫忙，推推伯伯的輪椅，到窗外的山坡去
放風一下

而在那裡，一整排的移植……

羅智成

嫻熟運用高反差對比

〈植物寓言——在瑪麗醫院〉是一首意象鮮明，表現深刻的作品。主要是透過養老醫院情境的描寫，表達年邁者的悲涼晚景，就好像人類從動物異化為植物的過程。從一開始，「牆上的人體血管透視圖／大量的血管扎根體內，人看起來便像是／長著根鬚的植物……」作者便緊緊抓住「植物意象」對「人類意象」的侵奪這一主題，醞釀出充滿壓抑的敘事軸線。

他熟練地運用高反差的電影鏡頭，生動呈現出光與影、動與靜、室內與室外的對比，看護者的嫻熟細膩與老年人的沉滯遲緩的對比，娓娓訴說著某種無奈而不可逆的宿命。而診間、走廊、戶外仙人掌、山坡墳場等鏡頭的來回快速穿插，更加深了老者難以動彈，或漸漸無法動彈的無助與無力，預見了他最終仍不免被「移植」到山坡上的結局。整首詩殘酷地表達出對生命本質的洞見，令人印象深刻。

二獎

劉真儀

做過小說編輯、作者與翻譯，曾獲林榮三文學獎。喜歡影展和電影院，習慣站在幾步之外，聽其他觀眾討論角色、對白與畫面。希望有幸繼續成長、書寫，專注生活，做一個能為自己感到驕傲的人。

▪ ▪ ▪ ▪ ▪

得獎感言

認識這幾位來自泰國的姐姐時，正在學習重建日常，她們有力的手把我按回身體，引導我辨別並面對疼痛。想讓妳們聽到這首詩；謝謝妳們的愛護和照顧，也謝謝妳們願意分享這些故事。希望每一位解痛者自己的痛都能被聆聽、撫慰。

感謝時報文學獎。感謝每一位老師、親友的鼓勵。感謝爸媽和弟弟多年來的理解與支持，你們是永遠的光。

疼痛月會報

拉起布簾之後，唯有脫衣俯臥
將緊握如拳的臉壓入床洞，才敢對妳袒露
背與臀頹靡曲線，浮腫的小腿肚
本月究竟規避慢跑幾回，破戒幾次宵夜
吞下幾場玻璃碎屑的暴怒

必須清醒，學識分辨刺疼痠麻
盤點筋膜肌骨，才有語言逐一陳述：
氣結溝而不通
從來僵直常在肩頸，痙攣何止腿後

（低頭過多，彎腰過多，用力微笑過多）
妳順手一個肘壓，我報以渾身顫抖
受人踩踏之傷須以踩踏治癒——
「可以叫出聲！按過很多人都痛到哭」

今晚按摩請避開小腹；當妳我連月信都同步
讓我穿過幽深洞門，碧綠蕉葉間
掛起一片紅布：
誰爲解痛者解痛，撥動皮下浮凸的念珠？

妳說，肉體未識閃爍其詞的技術
卻難止妄念依附，當妳搓開過多
穴與脈，打通滯澀吞吐
「還有沒有特別服務？」
誤認靠近即是親近，親近亦可模擬
總有年長男客試探繞上腰腿的手

妳如揮打蒼蠅重重擊落
一團污漬與油

妳說：最後一次回鄉，竟然都在養病
破天荒讓媽媽照顧
曾經無畏任何鳥禽走獸，蚊蟲草木
多年後，遙遠家鄉無雲的太陽
竟已將妳驅逐，在皮肉炙燒起粒粒塵土

妳說：臺灣水果很甜，但泰國有最好的芭蕉
嫁來二十餘年，妳指著遙控器上陌生方塊字
問哪粒按鈕將開啟
扭轉酷暑的冷風
當妳意指佛偈、瓜果、娃娃的本名
逐漸乾癟成店裡的一號、二號、三號
年假永遠對不上的潑水節，此生無緣的情人

都成了冰箱酸菜的醃汁，分裝的魚露

傾吐過多祕密，守望過多睡眠
還是走回蕉林中吧
當巷口阿姨關掉嘈雜電視機
退休阿伯離開滴水獨響的家
冬日租屋缺一床棉被的借宿青年
紛紛群湧向妳，蜷縮趴下
如蕉葉下倦極的蛇

計時器響，沉眠間有人走進斗室
妳蒸熟椰漿糯米粽，黏度已足夠
把我從零散不成形的肢體，重新拼回一個人
妳便搖曳如扇，成爲花，成爲果
成爲一棵異地的樹

李進文

以指腹深度 揉開詩的氣結

這首詩主角有兩位，一位是臺灣女性上班族、另一位是從泰國嫁到臺灣並以按摩爲業的女子。作者在題材的選取有巧思、處理很到位。

全詩的觀點也有趣，一般針對外配或移工的書寫，常著墨在辛苦和悲摧，但在這首詩裡，辛苦和悲摧的人反倒是被按摩的上班族。

作者自我解嘲、用語幽默，述說時輕盈而自然，巧妙運用口語對話和雙關語，節奏鬆緊合度，行文間常不經意流露一些哲理，讓作品有言外的省思和厚度，內涵亦莊亦諧，整體形式和內容相襯。

作者把他人和自己的工作融會書寫，無形中感受到兩位女性「惺惺相惜」的情誼，彼此是痛者也是解痛者。

文字頗有個性，揮灑和收束自如，三言兩語將異鄉人的況味寫得搖曳生姿、要言不煩地洗練出女性上班族的無奈。

其書寫技藝，彷彿是用指腹深度揉開了詩的氣結、揉開了體酸和心酸。結尾尤佳，神來一筆，上班族沉重地被「重新拼回一個人」，而按摩女子彷彿在一旁搖著泰國芭葉扇，雲淡風輕，呈現令人印象深刻的對比趣味和畫面。讀完，穴脈洞開，通體舒暢。

佳作

林瑞麟

淡江大學畢業。作品散見於紙媒及詩刊。曾出版詩集《我們被孤獨起底》、極短篇小說集《寂寞穿著花洋裝》。詩作曾入選《台灣詩選》。現爲苟且的職男，以寫字治療脆弱。

▪ ▪ ▪ ▪ ▪

得獎感言

我是孤僻的稀有種，一直在尋找適合的棲地，迷失已是生活的一部分，感謝時報、評審還有您們，發現我。謹以此作，向老化學習。

陪他回家

想念來得急切
但出門前要先上廁所
拉開拉鍊，牽好那隻羊
越過山稜之後的日子
像牆上那只掛鐘
睏著，指針鬆弛，固執地滴滴答答
慢慢來穿戴整齊，乾淨出發
他說：我要回家，坐火車
他的滿足是炭，幸福是火

經過她
背對清晨的牆灰
身體穿進海青裡
安穩圈入蒲團，讓心貼近神
用上等的烏沉香
再一次，送他到5號巷口的月台
回到古早時代

巡過市場、學校和郵局
他說他們門牌號碼相依
他賴著她
因此沒有嫁給喜歡的人
她家的門鈴彷彿是一枚時光回溯鍵
按下之後，日子隨著他
記憶中的火車晃漾：
「迎娶那一天，搖搖擺擺的都是汗，

夏天的氣味是酸的，
花轎在村子繞了一圈……」
我的眼睛流出樹影、稻穗和熟爛的蓮霧

從這個家到那個家
大約十萬八千里
他自顧自的趕路，歪歪斜斜
瞇著眼，說著：「當年窮啊……」
口袋掏啊掏，掏出一枚故鄉的月
他說他們帶著一隻鍋子和一床棉被
離開了擺渡才能抵達的村莊
作人要會翻
翻來翻去生出四個孩子和一間房子
我拿出手巾，擦掉他嘴角滲出的
水水的笑，還有疲憊

遺忘是一種不可逆的殘缺
但他的前額葉不儲藏悲傷
通往從前的火車上
下車的人比上車的多
有些站沒有停
有些站沒有命名
像他，沒有欲念，沒有格言
是馱負的粗工，曾經
吆喝一聲就可以頂起生活裡的難
但命運總是另有考量
那些生活裡的漬，淤積成塊壘
隨著時間淡了
輕了，提不起來

他鮮少說話
彷彿知道說得再多

都無法贖回和生命的關係
對於時間的旅人而言
愛是唯一和世界的聯繫
他懂，但不能開口
一說出來便成了泡沫

她的世界無聲
但聽得見蠹蟲在肉身的器官吸吮、咬噬
她敲木魚與疼痛和解
哆，哆，哆……
每一分鐘都是多出來的
學會向生命示弱
是一帖慢性病處方箋

不提從前，好久了
屋內光線透白

老人味濃重
我洗掉他的風塵
僕僕，陪著他，翻閱月曆、相片
在舊日裡浮沉
尾隨他口述的史觀
去遇見他相連的根系
走過綿長的雨季、流火、霜降
她迴向，問訊

李進文

書寫親情　深情又留白

此詩書寫親情，情緒節制，文字清淺卻含深情。首段即高明地把抽象的時間和老人的生理融合，而結尾收束簡潔且開放想像，頗具功力。

全詩的主軸是談父親、輔線則寫母親，相互穿插，拉出節奏。個性的刻畫，有巧妙的對比，父親是「動」，他不論思念或行動總是急切，母親則是「靜」，她虔心禮佛；父親「樂觀」，只回憶快樂的事，他的「前額葉不儲藏悲傷」，而母親「悲觀」，她「學會向生命示弱」。人物互涉，刻畫頗爲立體。

長詩隨著父親母親往前邁進、向後回憶，情節緩緩攤開，此時作者又將主述者「我」和我的「現在」安插進父親對「過去」的回憶之中。作者擅說故事，層次布局冷靜、清晰，淡而有味，從平凡中寫出深意，讓讀者不知不覺融入詩句之間，進而沉思親情與歲月的流轉，眞摯且具感染力。

至於陪父親回「家」，作者不刻意著墨場景，若對應末句母親的「迴向，問訊」，許是回眞實的家，亦可能是回不在人間的家，留白讓讀者自由想像。

佳作

熊佳慕

出生，死去，以及之間所有的時光和陰影。

■ ■ ■ ■ ■

得獎感言

1 欣喜之後，照常鏟屎。

2 我的手裡這支鉛筆，據說可以畫出五十五公里長的線，也可以寫下四萬五千個英文字母。但我不知道它可以完成多少首詩，而每一首詩又可以把我帶到多遠。一首詩完成了，但並沒有結束，它活在每一個讀者的心動處。

3 謝謝願意爲這首詩停留片刻的人，我們憑生命燃燒之後的餘燼相認。

關於存在的一些詞彙

What's this all about? Let's do a list. Die is last. Dawn is first.

——Jim Moore, Fly, Pelican, Fly

晨歌（AUBADE）

讓我爲我心存感謝的人事物
列出一份清單。死亡放在最後
晨曦最前。兩者之間：
讓世界每一個早晨都值得醒來的鳥鳴
願意留下來並跟我相愛的貓

我喜愛的詩人，還活著的或者已經死了
爲了我的書桌、紙張、地板而倒下的樹木
爲了我的早餐而辛勤勞動的農夫
清理我製造的垃圾的垃圾車
以及其他所有我賴以存在的一切
這份清單永遠不會完整
這首詩也因此永遠不會完成

床邊故事（BEDTIME STORY）

整個夜晚，海洋都在講述
世界的起源與結束
我們沉睡得像孩童一樣

貓（CAT）

有時我想，我再也寫不出詩了。然後貓就走過來了
帶著她藍得像世界每一個早晨的眼睛
她對我的信任，她的小型之謎，她所有的一切
跟我互相親密摩擦，隨時會反咬我一口
我在同一隻手上學習愛和痛和其他的生命
我用同一隻手繼續嘗試下一首詩

辭世詩（DEATH POEM）

這是不是我和世界
分手前的最後一首情詩
貓磨蹭我
植物在陽台上向光生長
松鼠沿著電線跳躍

跳蚤市集（FLEA MARKET）

體貼的毛衣，寬容的飯碗，可靠的木椅
每件舊物都在等待另一雙手找到
它爲某個二手人生而存在的理由

回家（GOING HOME）

月亮一路尾隨著我走路回家
像是一個走失了的失智症者

手（HAND）

在任何一種語言中
死亡都是沉默
我不是不懷念和你日常對話
但我更想再握緊你一次

剩下一把骨灰的手

加護病房（INTENSIVE CARE UNIT）

生命從來不是一條穩定直線
死亡才是

深夜時分（LATE HOURS）
——夜讀 Lêdo Ivo, Dan Pagis, David Ignatow

新發現的詩人早已死了
他們在我永遠無法解讀
但仍然願意做夢的黑夜
重新排列我詩歌的星空

瞬間（MOMENT）

完美的露水——
既沒有想到世界
也沒有想到短暫

故土（NATIVE LAND）

在生命允諾的唯一應許之地
我拋擲石頭的左手和採摘鮮花的右手
在死亡無私的懷裡終於和解

微塵（PARTICLE OF DUST）

我想像你，尚未出生的人
從我們不復存在的未來遠遠回望我們
如果你的眼神憎恨，我也明白

如果是平靜的，可能只是因爲我們早已滅絕
你對懸浮在深淵的那顆微塵
投以最後一瞥，那就是我們所擁有
但又失去了的一切

雨（RAIN）

我愛看貓坐在窗前
看雨，安安靜靜
那時，她還在我身邊

雨下了有多久
我就在心裡面懷抱了她多久
比雨更久

寂靜（SILENCE）

逝者持續滴答跳動的腕錶讓生者徹夜未眠

窗（WINDOW）

寂靜的春天在封城期間
不為任何人而照常盛放

上帝關上所有的門
我們打開窗口唱歌

是的（YES）

我願意用我所有的野心交換
一本自己喜歡的書和一個無所事事的下午
以及一塊安安靜靜躺在地板上的陽光

我願意用有不同的名字和同一張臉的戰爭交換
窗戶、鳥叫、晨曦、天空、音樂、擁抱、睡眠
我願意用成人所積聚的許多眞理交換
一雙孩童信任世界的眼
我願意用一首讓我和陌生人共享祕密的詩
交換一隻仍然願意跟我一起獨處的貓

白靈

探問生死 文字簡潔乾淨

這是一首隨想錄形式的詩作。文字簡潔，乾淨，不囉嗦，有些小哲理，能以身旁日常所見景物入手，降低了讀者畏詩如畏蛇的困頓。也提供了不少小問小題，令人可去思考生活和存在的內在意涵，雖然表面上說死亡應放在最後，但終篇卻不斷地談到辭世／死／最後／走失／剩下等詞彙，等於對生命的脆弱和無常引生的恐懼，重新慎重面對和思索，閱讀中提供了讀者甚多停頓徘徊的縫隙和空間。

散文類

二獎

游書珣

桃園人，喜歡詩、小孩、逐格動畫。著有詩集《站起來是瀑布，躺下是魚兒冰塊》、《大象班兒子，綿羊班女兒》與散文集《青雪踏踏：孩子們的日常詩想》。

.....

得獎感言

沒想到會得獎，畢竟一直以來，總覺得自己不太擅長寫散文，但或許是到了一個年紀，寫散文的心態變成在記錄人生，覺得這樣也蠻有價值的。大大感謝文學獎的鼓勵，接下來的人生，我再繼續探索看看！

造山

游池邊，年輕的曲線一字排開，幾十雙眼睛暗地裡互看，我縮在角落無法感到自在，只因穿一襲無趣的深藍色泳衣，連身的四角褲樣式，更凸顯出自己扁平無趣的身體。

那泳衣是母親不穿，直接移轉給我的舊物。素色的泳衣緊緊貼在我的肌膚上，我總想像同學的眼神，從我肩膀一路往下，開往一條筆直而平坦的公路，小腹微微上下坡直達大腿，無可遁逃的尷尬感，就那樣卡在我的胯下。

暖身過後，終於能將身體藏匿水中，水波搖動，模糊彼此的形狀，你的我的，全都凝在水的果凍裡，只是室內泳池缺乏直射的日光，待在原地不動的我，很快就冷到渾身顫抖。

「嗶——」體育老師的哨音以我為中心，將水面剖開，池水朝我的兩側退開，再度現形我的尷尬與不安。

「快點練習，還在那邊不動！」

幾位女同學像魚靈巧游開，金閃閃的鱗片上掛著清脆的笑聲，我卻遲遲無法在水裡放鬆，受到哨音催促的我，只得勉強將頭埋進水裡，雙腳離開池底，憋氣癱軟成一隻水母。

但我很快就感覺到水從我的耳鼻注入，慢慢盈滿體腔，身體像是就要碎裂的玻璃，我趕緊探出水面用力咳嗽，再打幾個噴嚏，發現老師的哨音終於遠離，才再度尋找下一個合適的角落瑟縮。

整堂課，我就這樣不斷閃躲哨音的追擊，整個夏天，我都泡在焦慮的池子裡。

記得小時候，我曾經學過游泳，那時不像現在這麼怕水，我和兄弟姊妹們一起去家附近的泳池戲水，雖然還稱不上是真的「會游」，但玩著鬧著，就能在水裡移動一小段距離。

那時的自己才不在乎穿什麼泳衣，絲毫不在意身體的形狀、他人的眼光，我好懷念那種無憂無慮的自由。

上完游泳課回家，逆光中一個豐腴的剪影，正在庭院裡晾衣。我將穿過的泳衣泡進臉盆，雙手伸進泡沫裡搓洗，沖淨後再擰去水份，正要掛上衣架，卻被母親叫住。她皺起眉頭，將泳衣接過手，嘩啦一聲又擰出好多水。

我看著被衣架撐開的泳衣，像一襲暗色的海豚皮，在陽光下滴水，突然感覺下體一陣洶湧，鮮紅色的洪水沖刷我腹中的沙洲——唉，早一點來，我今天就不用下水了。

母親窸窣拆開一個包裝，遞給我一件早上去市場買來的白色胸衣，她視線落在我胸前，衝我無奈的笑。

「怎麼給妳補這麼久，還是『飛機場』？」

我不知該怎麼應答，好像是我辜負了母親熬煮的藥材——更確切說來，是我的身體辜負了母親，她花了大把的錢買來藥材澆灌我的身體，我卻用那什麼也長不出來的貧瘠身材回報她……

我靜靜接過那件白色胸衣，看著薄透的布料縫製成兩個微微隆起的土丘，窗戶突然喀喀震動起來，轟隆聲由遠而近，一架飛機劃過庭院上空，即將降落位於我家附近的飛機場。

我不知道自己為什麼非得穿胸衣，畢竟我的胸遲遲沒有發育，肋骨一列列隱約可見，我很平，我是個平面的人。

以胸為中心，朝著上下兩個方向，全數展開成一個平面，這演化了十六年的地殼除橫向拓展範圍，等高線幾乎毫無變動，一片遼闊的平原安安靜靜，能量究竟何時會釋放？它是真的蓄積在底層的某處，還是終究只有鮮紅色的伏流，嘩啦嘩啦日復一日，一成不變的流動？

我是平面的，扁而平，並且薄，比胸衣的布料更加薄透，像一張半透明的描圖紙，在風中啪啪拍動，被風吹皺後再勉強站起來，看起來像個人，卻是個丟失性別的人。

如此扁平的我，穿過晾衣繩上濕漉漉的衣物，穿過母親的指縫，穿過院子圍牆紅磚間的隙縫，再穿過街上有各種凹凸立面的人群。我觀望那些群山溪壑，星與月在他們身上投射出變化多端的陰影，他們是充滿鼓點鏗鏘的音樂，而我只是一個氣音，不經意掃過他們眼前，不受注意的飄蕩而過，順著他們說話的氣流騰空飛起，最後降落在一個布滿蕾絲薄霧之處……

「需要進來幫妳嗎？」

內衣店阿姨溫柔的聲線穿過簾幕，彷彿隨時要化為一隻大手，觸上我的肌膚。

「不……不用！」我慌張地說。

內衣店的更衣室經常無法上鎖，與其說是門，其實只不過是一塊可以唰一聲拉起的簾幕，簾子的邊緣縫製一個小小的布環，就這樣輕輕掛在一個門框邊的掛勾上。

「都是女生，不用害羞呀。」

阿姨的身影在闔起的簾幕縫隙間來回走動，令我焦慮萬分，我手忙腳亂地套上內衣，一邊回答「真的不用了，謝謝。」

但阿姨終究闖了進來。當她好心的幫我扣好背後的鉤子，隨即將手伸入我穿的胸罩裡面，替我將胸部周圍的肉，用力的撥進罩杯裡頭。

「妹妹妳看，其實妳不是沒有肉，穿內衣的時候，就是要這樣『喬』一下，知道嗎？」

罩杯裡似乎裝滿了一點。阿姨看向我身上那兩個不再那麼空蕩的罩杯，終於滿意的退回簾幕後方。

我看鏡子中的自己，試著感受「有肉」的感覺，兩個罩杯之間，第一次投射出一道淺淺的陰影——

原來這就是我的胸部應該要有的樣子嗎？

我內心興起一股奇異的感覺，然而當我將手臂抬高，隨意作出幾個稍大的動作，卻只見阿姨剛剛「喬」好的那些肉，立刻又回到原位，攤平，回到原本屬於它的地方。

罩杯再度空去，我立刻明白，那些阿姨所說的「肉」，原來只不過是我的「皮」，它們被擠壓之後，暫時被雕塑出某種令我感到陌生的造型……

我冒著被內衣店阿姨再次入侵的風險，倉皇換下試穿的內衣，從飄動的簾幕裡溜出，趁她招呼其他客人時，趕緊將那些內衣往櫃台一丟，匆匆穿過那些充滿蕾絲與鋼圈，彷彿與我無關的內衣們，狼狽的離去。

後來試穿內衣時，我堅決再也不讓任何人進來。

我開始對蕾絲反感，或許是因為裝飾在平坦胸部上的蕾絲，更加強了自嘲的語氣，我總是選購素色的胸罩，快速買完匆匆離去，買內衣對我來說，簡直毫無樂趣。

然而進入大學後，我發現有些女生會相約逛百貨公司的內衣專櫃，我才知道，原來對許多女生來說，買內衣竟是種休閒娛樂。

這對我來說簡直不可理解，明明是穿在裡面的衣服，為何要有那麼多花樣？明明充滿堅硬的鋼圈箝制身體，為何甘願掏錢購買各種昂貴的款式，並假裝一切都很舒服？

我對穿內衣痛恨至極，卻又沒有勇氣完全嶄露自己身體的形狀，只好不斷摸索，直到終於理解自己的尺寸原來是市面上最小的 70A，但罩杯的形狀總有細微差別，不同角度攀升相異的弧度，有些趨於渾圓，有的像水滴，有的則是俯趴的山……

照理說只要不斷試穿，總有一天，我就會找到最適合自己的內衣，但我卻始終遍尋不到，只得勉強穿各種不合自己身型的內衣——有一天我突然領悟：難道我的身體，被整個內衣市場給摒棄了嗎？

我帶著各種身體的困惑，與某人陷入戀愛。「我喜歡妳的小胸部……」他說。

我半信半疑，試著讓他鑽進我每一個柔軟的隙縫，我期待接下來的驚喜，說不定，我將因此顛覆自己一直以來的困惑，但我卻聽見一個熟悉的聲響，一種紙張被揉皺的聲音，而且愈來愈皺，彷彿有隨時會破掉的危機——

我趕緊將自己縮回一顆紙球，遠遠滾離他的世界，將自己重新攤回那張原始的平面，再慢慢撫平上頭的皺摺……

有一年的冬天，我鼻子過敏得相當嚴重，打開受潮的衣櫃時，我突然發現，自己早已厭膩了滿櫃子不合身的內衣。我將它們打包，和擤完鼻涕的衛生紙一起送往垃圾場。

那個冬天，我並未添購新內衣，卻買回一件蓬鬆的羽絨背心，在寒冷的天裡，溫暖的羽絨隔著尼龍表布徹底擁抱著我，我發現這樣一來，裡面即使沒有穿內衣，也根本看不出來。既然如此，我開始嘗試不穿內衣，我漸漸習慣，即便出門也十分自在。

後來的每個冬天，我都穿上那件羽絨背心，少了一層總是不合身的內衣，柔軟的衛生衣靜靜的貼在我赤裸的胸部上，前所未有的舒適感令我有種回到童年的錯覺。

更後來的某天，我懷孕了。

「生下來吧。」另一個低沉的男性嗓音，在我胸前偏左的位置迴盪，我想起自己是一片薄透的紙，不確定是否該成為一名母親，但下腹卻逐漸立體，地熱噴發，土石奔流，胸前開始造山，等高線繁複起來……

第一次，我擁有一對稱得上是「乳房」的東西，但乳頭早已不是少女的粉紅，不但凸起變大，還帶有暗沉的棕色。

這令我詫異，卻又混合某種欣喜，一枚早已生鏽的性別徽章，彷彿被重新戴上，我觸摸它，感覺如此陌生，彷彿自己從未擁有過。徽章的別針刺入肌膚，痛的不是胸前，卻是腹部。

陣痛一波波來襲，一針一針刺進去，慌亂間我被推入產房，鼓脹的身體裡星河運轉，形成一個柔軟的甬道，一顆遙遠的星球咻一聲滑出，哭聲價響，喚醒沉睡的板塊，造山運動再次轟然進行，無數乳白色河川如飢餓的獸群驟然衝出……

不知什麼時候，我的手腕被戴上淺藍色手環，打印日期與名字——原來，我一直都是一名貨真價實的女人。

隆起的乳房肌膚彷彿變薄，透出底下的青綠色血管。一名小孩攀上我的胸前探尋，彷彿他早就預期了一切，小小的口與我胸前那柔軟而突起處準確對接，傳輸初生宇宙中，純淨甜美的乳汁。

我好奇擠壓乳頭，幾道乳白色水柱竟噴射而出，畫出完美的弧度，唰唰落入玻璃瓶中，靜置後形成初乳特有的，乳白與黃的漸層。

孩子總是緊緊貼我的身體，尤其是乳房，有時吸吮到一半，突然抬頭衝著我笑，生平第一次感受到自己的乳房受到如此迷戀，曾經枯燥貧瘠如紙片般的身體，如今用力敞開，成為溫暖多產的雨林。

冬天時，我不再穿羽絨背心，取而代之的是背著孩子的嬰兒揹帶；胸前日漸沉重的孩子，和羽絨背心功能幾乎相仿——保暖，並且遮掩未著內衣的胸部。

幾年過去，我牽起女兒的手走進賣場，想汰換幾件早已穿到破損、變形的內衣，我站在內衣展示櫃前，這才驚覺，如今附有鋼圈的款式竟然寥寥可數，原來，那些約束身體的鋼圈，就在我育兒的這幾年，女性健康意識逐漸抬頭後，默默退場了。

我一一觸摸架上那些號稱「運動型」的內衣，布料親膚柔軟，令我不禁深吸一口氣，慶幸未來的女性再也不必被堅硬的鋼圈給勒住呼吸。

「這是什麼衣服？」女兒抬頭天真問我，我看著女兒稚嫩的臉，撫摸她柔軟的髮絲。

「是給ㄋㄟㄋㄟ穿的衣服。」

張曉風

她造了山，以及山中的湧泉

男人有男人的身體，女人有女人的身體。男女之不同，在於兩者的「體腔」和「體表」各有其「特殊零件」。

在文明社會中，這些「體表的零件」都會遮掩起來，一般人是難窺其「眞相」的。但女性的乳房例外，當「她」穿低胸禮服，你只要長得夠高，是可以「略窺堂奧」的。就算冬天，她穿著高領毛衣，觀者亦得揣摩一二。古代女子沒這方面的困擾，大觀園中不管是探春、寶釵、黛玉、襲人……，曹雪芹都不會導引讀者去看她們這部分的隱私。

但現代女性卻處境特殊，她們的乳房是「被觀察」的。平胸的女子要讓自己「不自卑」，居然是一件不容易的事。

此文中的「救贖」來自後來主角「成爲母親」。「她」這才發現乳房不是山峰而是湧地的泉源，是讓嬰兒可以活命的「上天配糧」。

「成爲母親」是一切生物「最特殊的祝福」，擁有這福氣的女子最好不要把這福氣拱手讓給母牛。

主角終於造了山，以及山中的湧泉。

佳作

張英珉

用盡全力當兩個調皮香小孩的老爸，以及當一位這「自我介紹」印出之時，不知會印在我的哪一邊的那位游姓女作家的永遠的支持者（好多「的」）。寫出了《跆拳少女》、《長跑少年》、《櫻》、《猩猩輝夫》等作品。

▪ ▪ ▪ ▪ ▪

得獎感言

感謝主辦單位與評審選擇這篇作品，感謝可愛的太太 S 與兩個調皮香小孩，感謝 1996 年時老媽讓我買 EOS KISS，從此踏上攝影之路。奇妙的是，2009 年記錄這當下心境卻始終沒發表，更沒想到 15 年後能被刊出，當時老媽 55 歲，現在已快 70 了，這 15 年間我有了兩個孩子，經歷許多辛苦之事，從這篇散文回顧十五年的變化，那就是更理解老媽的心情了。

幫媽媽拍照

喀嚓——當老媽打電話來說要改名時，我正在一個典禮擔任活動紀錄，脖子上掛一台數位相機，右手拿一台單眼反光式數位相機，用以捕捉每個參加者的表情。我反覆按下快門喀嚓喀嚓，深怕遺漏一眼即逝的畫面，畢竟數位時代到來，攝影師無須再思考每個快門的必要性，便像是工廠輸送帶似的不斷生產照片，再來揀選最符合主題的即可。

工作中不能分心，我先掛掉老媽電話，沒仔細聽她為什麼要改名字。

數日後放假，我搭火車回老家，開門後見老媽不在，便先在客廳將兩盞攝影燈架設起來。伸長攝影燈腳，主燈裝上燈傘後接好電源，暖黃光線便透過燈傘的金屬漆面交互折射，穿透光罩漫射成為圓潤柔光。

寧靜間，我聽見附近的火車聲，隨後才聽見老媽回家的關門響。老媽在屋後空地種菜，抓去小蟲和蝸牛，摘回小白菜和細蔥，看見攝影燈的暖光竄到廚房門邊，便知道我回來。

「這要幹麻？」老媽走來觸摸陌生燈具，一臉好奇地問我。

「妳不是說要改名嗎。」我邊調整照相機邊說。「換身分證要拍過新照片吧？」

大頭照不是還有嗎？老媽疑慮的走入房間拿出沉重老相本，又拿出一個小信封，信封內有許多尺寸大小不一的過往證件照，只是雖有多餘舊照可用，但新身分證要求不同，還是必須重拍大頭照，而我好奇地把老媽歷年大頭照排成一列，便像一個偵探劇，最左邊黑白照片中青澀的紡織工廠女孩，如何在社會打滾生存、戀愛結婚，因為車禍意外喪夫而必須獨自養育三個孩子，隨時間翻騰流轉，最後成為最右邊大頭照中，有深深魚尾紋與白髮絲的中年女子。

再翻閱老相本內的其他生活照，過往的相機操作較複雜，要測光裝底片，所以通常是一家之主在使用相機，也就是如此，通常只要看相本中誰最少出現，就能知道誰當家，而單親家庭的照片更容易分辨，因此家庭出遊照片中永遠只有孩子，沒有大人。

改名，不過就是覺得過去的命不好，想換個名字重新開始，只是此時問起老媽才知曉，新名字是按照筆畫與生肖，再經過命理老師計算後才改的名字，我不懂其中玄妙，但我更好奇，如何說服老媽相信是舊名與生肖不合，五十五年來相剋自己的人生？

但我想想，年輕喪偶後辛勞帶大三個小孩，怎麼說也無法解釋是一個好的命，或許心裡相信，也就無需什麼額外的證明。

我說要替老媽拍照，她便隨即離開視線走去房間化妝，出房間後臉頰上便有淺淺薄粉，我搬張小板凳要老媽坐下，攝影燈光一照下，打亮曾染黑過後又新生的白髮根，以及化完妝卻也蓋不住的深皺紋。我調整左右兩顆燈平均亮度，俗稱蘋果光，柔滑光線讓肌膚看來年輕幾歲，隨後光圈再多一格，術語「多亮一檔」，讓皮膚紋理消失些許，整個人便能看來容光煥發。

在觀景窗中看向老媽臉龐，想起快二十年前，我鼓起勇氣和老媽要求，想買一台昂貴的單眼相機學攝影。猶記那日下午，我和老媽走在市區，徘徊在不同間攝影器材店挑選，老媽懷中揣一疊鈔票，緊盯店內櫥窗裡滿滿的相機，低聲不安的說聲好貴，這是她快半個月的薪水。

當時的我一臉哀求，讓老媽下定決心，買回第一台單眼相機。

在底片時代能擁有一台單眼相機實在難得，我常常騎摩托車追尋每天的夕陽風景，鑽研生活中未曾發現的各種影像細節，當時卻未曾想過要用那台底片相機，替老媽留下一張好看的照片，後來相機便因失手落地而損壞……

「要怎麼拍？」老媽坐好後問我，我才從往事中回神。

「就像去相館拍照一樣。」我調整完相機後說起。

不知道是不是從小就被教導，拍照需要正襟危坐不苟言笑，老媽在鏡頭內的臉部肌肉十分僵硬，看來極不自然。

「看這裡。」我把左手握拳，置於鏡頭前引導，避免視線過於呆滯，不過看向照相機的液晶螢幕，卻怎麼都覺得不對勁。或許，只要拍攝對象是熟識的親人，就沒辦法像拍攝陌生人那樣明快果決，我不斷修正畫面，媽左邊一點，右邊一點。媽妳下巴收一點，放鬆一點，免得額頭有深深抬頭紋。右邊肩膀高一點，下巴再縮一點，衣領拉一點，怎麼臉又歪掉……似乎怎樣調整都不對勁。

久坐會讓身體僵硬不舒服，照片先拍再說，喀嚓按下快門，照片中老媽的咖啡色的瞳孔中映出兩盞燈的光點，充滿細紋的臉龐安安靜靜望向前方，時空彷彿在此凝滯。

如此凝望鏡頭的眼神，總令我想起一張有名的照片，著名的阿富汗少女「沙爾巴特．古拉」（Sharbat Gula）。因為戰火，古拉在一九八五年的難民營中留下一張照片，青綠瞳仁看來十分清澈堅毅。但誰能料到景物變遷，戰火卻沒有消失。當初拍下照片的記者，多年後終於在二〇〇二年再度尋到古拉，儘管古拉外表看來已蒼老，那雙青綠瞳仁卻依舊堅毅不變。

奇特的是，古拉當時從未看過這張照片，但是全世界的人都因為這張照片認識她與阿富汗。我每次回想這攝影故事，都覺得現實太過滄桑，卻把老媽的眼神和古拉不經意重疊，或許經歷過造化洗禮的人，都會有相似的眼神。

還在求學時，我曾走入學校附近即將拆遷的老眷村，當時許多建物已經拆至半毀，到處都是搬遷後遺留的廢棄物，損壞的沙發與數個神像一起棄置在街角淋雨。我走過廢墟幾圈後，見到一位老榮民靜靜站在頹頃家門前，我走向前去，老先生看向我點點頭，再看向牆磚瓦片堆下的破損門牌，用濃厚的鄉音感嘆，人生顛沛流離，這樣影響人生的大事，從來都不是自己決定。

隨後老先生緩步離開，一陣塵沙在他背後被大風吹起，每一個離去的腳步，都彷彿傳來空曠迴聲。

「持相機的人常常旁觀他人的苦痛，若趁機拍下照片，豈不是以他人的痛苦來獲得照片，這是一種旁觀者的剝削——」

修讀攝影理論時，課間討論的攝影權力論令我印象十分深刻，最初常讓我在拍攝畫面之前裹足不前，只不過在老先生走入轉角遠去前，我才突然意識到，這或許是再也不能重複的一瞬間，更何況社會變動並非攝影師所為，身為一個攝影師能做的，就只是以相機留下時空切片，如此而已。

心底疑慮消失殆盡，倉皇拿起相機拍下老先生遠去背影，照片歪斜失去水平，是我當下的心境。

「拍好沒？」老媽看我沉默而問起，剛剛拍完的照片已轉入電腦中，半身照一張張出現電腦螢幕前，老媽便驚訝說起。「哇，好方便。」

成年後我因為求學與工作，很少回老家去，老媽看到這些新鮮事，話閘子打開便停不下。

「以前用底片還要沖洗，像你小時候有一次把相機打開來，想看看裡有什麼，結果就全部曝光……」

老媽說完便仰頭看向時鐘，身為職業婦女的生理時鐘讓她起身煮飯去，我凝視電腦螢幕中剛剛拍下的大頭照，卻有一股說不出來的陌生感。

太久沒回家又凝視這些照片，就像寫同一個國字許多次後會產生陌生化的錯覺，記憶中的老媽與現實的她似乎有些不同，總覺得電腦中老媽的臉頰應該要再瘦一些，頭髮應該要再黑一點。我趕緊修整照片，先去掉老媽背後的灰牆，隨後將背景全部調成白色，再刻意加入藍色漸層，隨後放大畫面開始修圖，好多未曾注意過的皮膚細節於焉現形。

老媽正在廚房做菜，剛摘的小白菜下鍋後滋滋作響，我邊聽炒菜聲響邊修圖，一發現什麼不解的地方，便大喊問。

「頭上這個疤怎麼來的？」

隔一面牆，傳來老媽在廚房的悶聲回答。

「就有一次受傷，後來長的蟹足腫啊。」

「上次染頭髮是什麼時候啊？」

「兩個月前吧。」

「下巴這個疤怎麼來的？」
「好像是跌倒的吧？」
「那左臉頰上的疤呢。」
「忘記了。」
「要修掉嗎？」
「隨便。」
抽油煙機聲響讓我們彼此大聲呼喊，我將這些臉上傷口都細細地修整乾淨，像是層層化妝一樣，我熟練地蓋去皮膚瑕疵和皺紋，將髮色調黑，把額上雜毛去掉，再修整眉型……我滿意地看向螢幕中的母親證件照，彷彿一張處理乾淨的畫像，然而老媽正從廚房端菜走出，方才我對電腦修圖許久，仰頭對比老媽現實中的老態，才發覺她已不是我想像中的模樣。
過去我始終不懂班雅明所說的「靈光」是什麼，總猜想大概是難以重返的一瞬吧，但當我凝視老媽從廚房走出時的臉龐，我想我理解「靈光」對我言是何意義，或許是心底充滿感慨，卻難以言喻的片刻。
我把調整好的照片給老媽看，她光看一眼便開口大笑。
「戶政事務所人員應該會認不出來吧。」
老媽隨後和我展示一張有新名字的紙片，複雜的筆畫是少見的國字，那是她即將擁有的新名字，在戶政事務所的舊名更改理由，則是「姓名不雅」。

其實過往的我並不喜歡改名這件事，彷彿否定經歷過的人生，但我卻突然意識到，其實我不自覺的去修整照片上的臉龐瑕疵，和老媽想改名字沒有本質上的不同，改完名字人還是相同，修完照片本人也不會改變，只是尋找意識上的美好，只是一種儀式，宣告與往日不同。

老媽要更換姓名，由於身分證上有父母欄位，所以我也必須更新身分證，也得拍過新的大頭照才行。

這回換我轉身坐在小板凳上，讓老媽幫我拍照一張。

坐在小板凳上才發覺，長久以來都是我拍別人，這才發現為打亮臉龐與修去細紋，這兩盞新買的燈竟是如此刺眼。

「左邊一點，右邊一點，肩膀……你的頭歪掉，下巴縮起來。」

老媽學我話語，指引我的彆扭動作，蘋果光讓我瞇眼，老媽看向相機背後的液晶小螢幕思索，繼續調整構圖，便靜靜地說。

「要拍了，三，二，一。」

老媽按下快門幫我拍一張照，我看向螢幕中，自己不苟言笑的臉龐看來十分僵硬，加上畫面構圖太寬，還是該重拍一張，不過當我發覺照片一旁的空間夠大，突然想起老媽拿出的老相本中，單親家庭的家長鮮少出現在照片裡。

我以腳架自拍，先按下倒數自拍鍵，把準備起身去廚房端菜的老媽倉皇拉回來合照，兩人一起坐著面對鏡頭，嗶嗶聲響愈來愈急促，停等快門的倒數片刻，想起剛剛桌上排列整齊，各個年歲的老媽大頭照，當年的她坐在明亮的相館燈具前，隨著年歲拍下生活所需的一張張證件照，面對多舛生命所需的各種補助文件——

此刻，一道有我與老媽相倚的光線，輕巧游過凹凸透鏡組合成的鏡頭，光線在相機內被鏡片修正再調整，光線逐漸定位來到相機內的反光板前，反光板的瞬間跳躍，讓光穿過快門金屬葉片，速度一二五分之一秒的閃動快若眨眼，喀嚓聲響來不及被聽清楚，聲響瞬間熄滅——

猶如老相本中孩提時的我，對老媽手上的傻瓜照相機比出勝利手勢，此刻矽質一樣的暖光，如沙漏般絲絲墜落到機背中，滑入無垠的黑暗後，終於在感光元件被一瞬間捕捉。

不待我再去思索什麼經典與理論，此刻我與老媽的並肩合照，終於靜靜地在流動不停的時光中，永遠的擱淺。

陳素芳

一首微帶輕愁的成長曲

敍述流暢，布局疏落有致。始於母親要換名改運，從事攝影工作的兒子返鄉爲她拍照，再以母子二人合照作結。從在家中客廳拍攝場景的布置，到攤開母親不同時期的舊照，時光與拍照燈光交輝，像畫面拉開，歲月翻頁，讓人看到家庭故事的速寫與微帶輕愁的成長曲。

全文循照片呈現的形式開展，由底片時代到數位年代電腦修圖，一方面從家庭相本中出現的人物，分辨掌鏡者與入鏡者的關係，回扣個人是單親家庭；另一面由知名攝影故事主角的眼神，以及拍攝老榮民遠去背影當下的心境，對照剛拍下在電腦螢幕中的母親大頭照，既滄桑又陌生。而文末以自拍方式留下母子並肩的合照，則是爲全文畫下溫馨的句點。

佳作

陳凱宇

1997 年生於馬來西亞吉隆坡。畢業於新加坡南洋理工大學中文系（副修創意寫作）。以散文成家，偶有詩與故事。著有散文集《深夜拾荒手記》。

▪ ▪ ▪ ▪ ▪

得獎感言

媽媽問我文章寫什麼？我說那只是關於租房的日子。在島國等巴士追巴士經年，已經分不清是想家，還是想離開。然而每每回到吉隆坡的老家，我發現我更想念開車時掌握時間，隨心前進和停頓的自己。若有一個不必歸還重置的空間，日子會不會更更踏實，而我會不會更自我一些？我仍在想著。

謝謝評審，謝謝凱德老師，謝謝大偉和史迪奇。

避難

每次離開住所，身體都面臨著過熱的風險。走過動物園、魚尾獅海傍、港灣和烏節路這些約會地標，密集的人頭、濕熱的暑氣和交雜的噪聲，都是過熱發作的誘因。

當熱氣像無形的面具捂住面孔，灼熱感從下巴燒到一整張臉，毛孔彷彿漸漸閉合，膿皰如群島般浮現。臉由此陷入保濕噴霧和飲水都無法緩解的痛癢。理應放著不碰，但我總會忍不住用紙巾推擠那些冒發的黃頭，以為減輕了疼痛，會好起來。

如熱脹冷縮般的過敏反應讓我渴望回家。唯有這樣，偏執的紅腫才會消退，臉部恢復正常呼吸。

過熱復發而回不了家的時候，我們躲進最近的咖啡廳或餐店，大偉到櫃檯點飲料內用，我到角落的洗手台洗臉。只要人少而空間寬敞、有冷氣，就能作為臨時的避難所。等室悶感消退一些，臉不那麼燙熱，我們就離開。

大偉常說，只要到家，我就跟著回來了。每次這般，彷彿在他看來，身體因熱失常，我便不見蹤影。偏偏壞掉的身體困在高樓緊密的島國，臉反覆好起來爛回去，幾天又幾年，早已經不起任何潔淨精緻的想像。

半天而廢多了，像是往後都會如此。要把復發機率降到最低，我們只能不再一整天地外出。

我知道大偉不是真的喜歡待在室內，他只是擔心我們的關係落得像那些廢棄的約會。我對多次遷就的大偉感到抱歉，對過於努力的身體也是。我試著對大偉解釋：「這像你啊，防曬後還會撐傘，走在陰影中會用手擋太陽，在餐廳也會避開直射的燈光……」即使本身不太確定。我只是想讓大偉理解，過量的光和熱會引起我的疼痛，那是身體自帶的避光性。我沒有非去哪裡不可，只是需要一份室溫的安全感，不受炎熱牽制。

大偉經常陪我流連於貨架之間，尋找合適的護膚品，一起洗澡時教我搓打泡沫、用掌心打圈圈洗臉。他說要修復破損的臉，澡後的保濕很重要，時間也是。

大偉比我年長，但他在方方面面卻都比我年輕：他是不看書不看電影的韓粉；我是隨機播放廣東歌看書寫作的老人。他喜歡逛屈臣氏，買了一櫃子用不完的護膚品；我經常泡書店，囤了一箱箱只看到一半的書。他沉迷保養和護膚影片，養得自己水嫩光滑；我定時收看晚間新聞和 Netflix 紀錄片，一臉累累傷痕。

即便是最基本的吃，我始終認為日期只是數字，看起來還能吃就好，但大偉非常在意有效日期。他經常突擊我的冰箱，扔棄那些明明還能選邊吃的蔬果和剛過期幾天的豆漿優格。他再三強調過期了必須丟、我應該吃好一點。我有記住他提過的 Best Before，卻常常忘記冰箱裡的東西很脆弱，也不相信空出來的位置是為了放入新的。

我們從兩種生活方式走來，我始終不懂大偉對白皙緊緻的執著，他也不理解我的善感，老是困惑我在寫什麼、怎麼這麼多東西寫。我把他的不理解視為他給予我的，最大的創作自由。我並不覺得他一定要懂我。

跨境

在島國拍拖時，大偉會時不時牽起我。這裡長年潮濕悶熱，但大偉的牽手力道適中，不至於逼出手汗，也不會輕易鬆脫。兩人份的肌膚之親不隱藏也不張揚。我們是一樣的。

我很樂意被大偉牽著，彷彿觸及他保留至今的天真與無邪。我自知無法陪他地景長跑，只能不時告訴他一些重要新聞，無論來自這裡還是遠方，讓他至少知道。這就很好了，儘管我的身體和這個世界都不見好轉。

有的周末，我們覺得擠迫的島國無處適合約會。只要雲朵積聚，天氣預報顯示下午陰雨，便是遠行的最佳時機。我們同樣期待熱帶雨晚點下，最好下著下著就天黑了，也剛好喜歡陰風陣陣快要下雨，而厭惡雨後放晴的濕熱。

手持護照，我跟大偉都是回家的人。排隊擠上通關巴士，從島國邊境登出，越過長堤，通過柔佛關卡，登入熱鬧的新山。然後就跟跨境之前一樣，在城區採買、吃飯和逛街。物價低了三點五倍，情趣也長了三點五倍。

三十多公里外的柔佛名品城是我們到過最遠的戶外。不曬也無雨的一天，走在東南亞最大的名牌商場，路過一家家名牌和它們的冷氣，我的臉可以好好呼吸，復發的恐懼隱而幽微。大偉看到心儀的店面，還是會隨心牽著我靠近，就跟跨境之前一樣。

但我感覺不到應有的快樂，反而像不熟水性的人，一時一時地嗆到，頻頻探浮上來，害怕起平靜的深水。大偉每牽起一次，我便要環顧四周，偶爾對上沒有善惡之分的眼光，都逐漸磨損了好心情。明明天氣這麼好，我卻感到不對。

「我還是覺得，不要牽手比較好。」我提醒大偉，這裡馬來人很多。

「為什麼在那邊又可以？」

我想說，如果我是新加坡人，我不會讓他牽手。居留近十年，我只是看上去像一名新加坡男生，平常可以背心短褲拖鞋出門，甚至袒露胸臂的刺青。路上偶有像我們一樣自在牽手的戀人，他們雖然長著外國旅客的臉，但身分上我們毫無二致，只是長期和短期之別，既無法參與芳林公園的 Pink Dot，也不會因為男男性交除罪而變得比較不邊緣。「可能他們沒有討厭我們。我只是不太自在。」

「我們又不是回教徒。」

「但我們始終是這裡的人。」

大偉試圖拉我，我的手肘卻往裡收縮，不敢看他，臉在僵持的對話中發燙，毛孔又在開始掙扎。

平行了一段路，我決定跟大偉分開一下，他繼續逛商鋪，我進入咖啡廳，找回自己的常溫，等他過來。坐在單人座上，我才想到大偉大概只是一心想安撫我，更哀傷的是想到，如果這天以後他不再找我了。

那次之後，要深入比新山城更遠的地方，出發前除了看臉，看天氣預報，我也決定穿起T恤與及膝短褲，遮住刺青，不再過分暴露。

回歸

大偉知道我是因為渴望一個房間，才堅定的想要離開。但更早以前，其實是渴望著離開，才想要一個房間。

可能父母害怕關上門後我會掉入不為人知的世界，小學時我沒有自己的房間。睡覺時間一到，爸爸關掉電視，挪開咖啡桌，鋪開折疊床墊，將吊扇調至三號風速。我抱著我的史迪奇，在吊扇下睡覺。

燈管的餘光漸淡，只剩神檯櫃上的油燈閃爍。廳房四面有神，所以吊扇的轉動是沉穩的，大門與電視的安靜是莊嚴的。向著火光閉眼入夢，會忘了看不見盡頭的沙發底，和忽高忽低的窗紗。

爸爸有起夜上廁所的習慣。他按燈掣、開關門、尿尿和沖水的聲音都會驚醒我。我因而知道他回房之前，會過來幫我蓋被。

有一晚我恍恍醒來，發現下身光溜溜的有點涼，爸爸蹲在床邊。我迷濛地站起身，問他，更像是在問我自己：「為什麼褲子不見了？」然後掀開被單找到睡褲，穿好，抱抱爸爸說晚安，又抱著史迪奇睡回去。等等上學前，我要先將枕具和單薄的床墊堆放在沙發旁，再去門邊穿襪穿鞋。

這或許只是我一路記得的一場夢。假設夢裡的我一樣在半夜發現褲子不在，自行撿起穿好，但這事只有我和神明知道，我是不是就不會記到現在？即便不是夢，也只能是褲頭鬆了。

兒童睡衣變得寬鬆很正常。媽媽每隔一段時間會換上新的鬆緊帶，讓我繼續穿。面朝大風不會覺得熱，被單總被我踢到床外，睡褲可能也是。每天醒來是第一時間摸摸褲頭，怕褲子脫落，而身體被家人看到。

我想我是由此渴望一個房間，有明確的邊界，可以隨心上鎖或是敞開。上了高中，爸爸終於整理工作間，空出一個角落，安床架放上我的床墊。書桌還是爸爸的，我只是在上面寫字和遊戲；雙邊衣櫃掛滿家人不常穿的衣服，我在裡面找我自己的；牆上貼滿全家福，我只有天花板的熒光星星。

因為不是自己的房間，我不能鎖門。我睡覺時，家人進出拿衣服，爸爸開電腦工作和打印，有時他們會關我的冷氣。即使卸下了廳長職，我的睡眠仍然斷斷續續，很淺。

後來長居在外，丟掉床架的空地生出書櫃，擺滿舊雜誌、厚重的字典和集結月費單與收據的拱型夾。剩餘的空間堆放紙箱。回到家，我把床墊抱進來，放在衣櫃和書桌之間的地板，離家前將它密封收好。這裡還是爸爸的工作間，櫥櫃還是一家四口的。媽媽說我不常回來，沒有必要空出房間。

今年初搬了新家，儘管租約有期，我還是趁家具促銷買了一張雙人床和單人書桌。衣櫃裝滿我的衣服，書架排放著我的書，史迪奇還跟我睡在一起。我好像不再需要沿著老家的淺藍色牆身、平開窗與它的方格鐵花，和隔音薄弱的房門，繼續作夢和想像。

落腳

室友們各自回家的連假，大偉帶了兩袋山竹上來。一袋填入冰箱，另一袋飯後吃。我向來只知道通過山竹底部的小花來數算裡面有多少瓣果肉。大偉進一步講述，吃山竹的樂趣在於剝開後才能看到裡面的酸甜好壞，有些能吃，有些則不能。表面是看不出來的。

想要很平常地度過下午，我們洗米煲飯，解凍雞胸撒上椒鹽送烤，炒一碟奶白。餐後並坐在沙發剝食山竹，我用乾淨的尾指遙控打開 Netflix，想跟大偉一起看《富都青年》。

比起看戲，大偉更專心地用雙掌壓開山竹殼，嚼食果肉。他重複說著好亂，不明白阿迪為何拒見生父，跟阿邦如何無身分地苟活多年。我從阿邦天生的聽損感覺到生存的別無選擇。他們在這片土地上不斷逃跑和躲藏。大偉不喜歡悲傷的電影，中段以後他很安靜。我們剝過山竹的雙手黏黏的，阿邦阿迪只剩下最後一條路。

他們坐上名為「幸福快車」的破舊巴士，要逃往未知的遠方。黏膩的熱風吹進顛簸的車廂，頭髮很亂，身體很髒。盡頭到來以前，阿邦讓阿迪枕在肩上睡覺，平靜得像是無需設想以後。這裡陽光開始滑落，廳房裡的窗簾半遮光，我和大偉在沙發上的身影模模糊糊地映在電視螢幕上，與巴士裡的阿邦和阿迪重疊。

天色漸暗，大偉仰著頭睡著了，鼾聲很輕。片尾名單升起，《一路以來》喃喃低語，沒有歌詞字幕，我試著細聽。

一路以來，以為什麼都會好的。

一路以來，想老老實實度過的。

一路以來，只好從錯誤領悟。這就是人生。

我一路以來，等待著天亮卻說，晚安。

我關掉電視，發現咖啡桌上的山竹殼堆成一座黑山，裡面鑽滿了來路不明的螞蟻。我不確定這些螞蟻是否一直藏在山竹裡，跟隨大偉從水果攤回來，等我們剝開，然後吃食我們吐出來的殘餘。但整座黑山過不久後就會落入組屋的垃圾槽中。

「完了喔？」大偉恍惚醒來。

我們沒有開燈，沒有揭開窗簾，也沒有特別想去哪裡或進一步討論吃什麼。臉記住了這冷氣陣陣的室溫，沒有過熱的痛癢，心裡也很平實。我們早已認得四周家具和物件的輪廓，它們沒有消失，只是藏起自己最明亮真實的一面，而我們清楚暗中怎麼走可以避開障礙物，繼而免於受傷。

於是可以安穩地待在這裡，感受白天慢慢失去意識，不用再刻意藏匿，也不用再遠眺他方。多睡一下吧。我輕輕搭著大偉的手背，黏答答的，熱熱的。等黑夜將我們吃進去，陰影便不存在了。

這是我們的容身之處。

陳素芳

文筆細膩 書寫有層次

文筆細膩，書寫有層次。由臉部皮膚受不了室外的潮濕悶熱寫起，一步步帶出和伴侶的異同。在島國，「兩人份的肌膚之親不隱藏也不張揚」「我們是一樣的」，都是旅居新加坡，擠上通關巴士，跨境來到馬來西亞新山，就是回家了。回家，性向成了忌諱。全文以四個章節「避難」、「跨境」、「回歸」、「落腳」，細膩的書寫身體與飲食，回溯原生家庭，從室外到室內，藉由擁有一間房間（room）：「有明確的邊界，可以隨心上鎖，也能敞開通風。」以兩兩對照方式，映照認同之路的奇險與不安，感嘆「roomless」。

短篇小說類

首獎

賴怡

正在寫第一本短篇小說集，想捕捉影像世代中的都市情感狀態。此刻回看，不知道爲什麼已寫出的篇章中，有大象、魚、海豚、蜥蜴、蛇等動物出現，下一隻會跑出什麼，我也很期待。

▪ ▪ ▪ ▪ ▪

得獎感言

謝謝幫我試讀愛子的朋友，特別謝謝曉陽對標題的建議。永遠感謝身邊所愛的人們一直很支持我寫作。在寫小說的世界裡，我只是個東倒西歪的幼兒，爲每一天的發現而驚奇，試著發聲說話，試著堆沙成堡，天黑時經常空手而歸，但每一篇的旅程都令我深深滿足。希望愛子有娛樂到大家，也希望未來能繼續寫好看的故事娛樂大家。

AIKO 愛子

人躺著的時候，與站著的時候，是不同的人格。我在那些起不來的早晨悟出來這道理。醒來後躺著滑手機，偶爾瞥一眼螢幕右上角的時鐘：先是該化妝的時間，然後該出門的時間、該擠上公車的時間、該打卡的時間，每組四位數字，逐一經過。它們都背過臉不看我。重新拉扯棉被，發燙的大腿夾住布面冰涼部分，木木的舒適包住我、擠壓我，將遲到的焦躁擠向邊陲，化為可忽略的背景雜音。可是一旦站起身，我又馬上找回清晰又誠懇的嗓音，打電話給店長道歉，趕到霜淇淋店，擺出抖擻的姿態投入崗位。這麼一來，店長想罵人也罵不了太久，他會看起來像是那個破壞秩序的人。

人格轉換的機關是脊椎骨，脊椎骨從水平轉成垂直時，有力氣出門上班的那個人格就會出來接手。我經常這樣提醒自己，可惜只有直立人格把這件事放心上。

人在深夜時間，與其他時間，也有兩個不同的人格。不幸的是還不存在那種機關，能夠順時針九十度一扭，就將深夜快轉過去。

於是不可避免地，這天深夜，IG的小方塊又重新回到我的手機裡。右手拇指按出比老家電話還熟悉的一串英數字，而軀幹、頭頸等身體其餘部分則微向後靠、遠離手機，做出微弱表態：這是右手自己的行為喔、我們整個人並沒有同意喔。

不知道我的自尊何時會回家，有種入室竊盜般的緊張，血管中奔流的欣快感因此更顯強烈。點入湯的個人主頁，感覺就像戒酒半年的第一杯威士忌，飲控期間的午夜炸雞。

頁面仍舊一片空白。

湯在分手當天清空了帳號。放大他的頭像，還是同一張黑白照片沒變，只露出雙眼和頭頂，畫面上方三分之二都是天空。剛認識時他用的就是這張照片，後來一度換成我幫他拍的，分手後又換回來。

照片中，湯的齊耳直髮被暖風飀起，幾莖髮絲吸飽陽光而斑駁透亮。忍不住伸出食指拂順照片裡的頭髮，無意間下拉、刷新了頁面。頭像竟恰好在這一刻更新，變成一張出遊的彩色半身照。空白頁面也冒出唯一一則貼文，是張空景照，看似從某飯店房間往外拍，白色落地窗框鑲著草皮與晴空，草皮上躺著一顆半癟的粉色汽球，自動除草機默默工作，空氣是飽含水氣的淡藍，漠漠流露出歡愉過後的百無聊賴。

說明欄沒打字，只有一枚白色愛心。

心中猜想電光一閃，我忍不住要去印證，那衝動近乎於技癢。不出三十秒，從第一時間對這則PO文按讚的數個帳號中，鎖定了一個女孩子。AIKO愛子，五千多人追蹤的年輕刺青師。愛子最新的照片是件銀白半透明長袖貼身罩衫，若隱若現，透出斑斕的刺青填滿左臂左肩。看起來像對著飯店走廊的鏡子自拍。我藉由走廊上的品牌色與大型雕塑，搜出飯店名稱，再從訂房網站的房型照片裡，找到湯最新貼文中那扇對開的落地窗。最後是對愛子這篇貼文按讚的一百多人名單，湯果然名列其中，明明不是他平時感興趣的內容。八九不離十了。

上網窺看對象的前任、或前任的對象，大概就像自慰：多數人都有自己一套熟練手法，從不討論，只在這樣墮落的夜裡默默精進。

遇見前男友的理想狀態是什麼呢？

熬到下班，我在百貨公司的更衣室摘下口罩，換上便服。衣服只求舒適順眼，但花時間把眉毛畫出精神，其他部分淡妝，口紅選最提亮氣色的自然色。脫掉制服帽子，解開髮髻，將長髮梳到蓬鬆再紮起，挑出幾縷碎髮展現隨性，但不夠好看的碎髮全都要夾妥藏好。

離開時碰見同事W，他盯住我幾秒，平日散發的冷空氣好像柔和了一點。

遇見前男友的理想狀態是，不必盛裝，不用太辣，要看起來狀態好，更要傳達出這個好狀態就是自己的日常。

鬧區十字路口，寬闊斑馬線上人流滾滾，夜色鮮活，在冷氣底下冰了一天而僵硬的心，總算淺淺地跳動起來。

眼前多是出來吃飯逛街的年輕男女。分手後才注意到，情侶有那麼多種方式同行，牽手的、挽臂的、共用一隻外套口袋的。

湯不喜歡牽手。幾次被不著痕跡地放開後，我也假裝自己不需要牽手。但我會挨他很近走路，近到內側那隻耳朵聽不到風和交通，只聽到他的肩膀和胸膛，和關在我們中間的靜謐。我喜歡他影響我的聽力。

挺直背脊，走進川流的人潮，不動聲色飛快地掃描迎面而來的行人。常覺得在這裡站一天，或許能見到半個台北的居民。這麼多的人，有一個湯混跡其中一點也不離奇。

不想太快回到獨居公寓時，我就繞路來這裡，想像即將和他巧遇。

過去幾個月，我在十字路口分辨身形和湯相似的男人，但是今天，我的眼睛一直往情侶檔中的女方臉上跑，尋找愛子的身影。腦海中湯的輪廓變得有點模糊，反而是愛子的幾張照片，幾乎烙印視網膜上。畢竟這幾天我反覆放大那些影像，研究她的身材、五官、妝容、穿搭——愛子更纖細、我的身材更突出；至於打扮，有時候她穿得太過前衛、時尚到繞了一圈反而接近土氣，普通人反而比較看得懂我的風格，大概？

我在網路上找到她的本名，就讀的小學中學大學，兩年前在旋轉拍賣出售的外套和雜貨，高中時和朋友互相標註的活動感謝文，國中參加學生美展得到佳作的那張油畫（畫的是港口漁船）。

七年份的ＩＧ貼文，拼湊出愛子的刺青師之路：剛進大學時，愛子陷入「迷茫和墮落的無底洞」，直到帶著五百張個性強烈的塗鴉成為刺青店學徒。師傅據說是傳統日式刺青風格的大師，刺的都是威風凜凜的武士、龍虎、鯉魚、海浪。愛子出師，又重新走回最拿手的病嬌少女風格，客戶也以年輕女性為主，她的刺青，無論美人魚、精靈、獨角獸、水母、水晶、蝴蝶、牡丹、彼岸花，都使用甜膩到近乎有毒的粉色調，暈染著迷幻而極盡複雜的色彩。

她刺的某些圖，在我看來，幾乎像是走進吃到飽餐廳就連吞十盤甜點，或者一旦開始流淚就索性痛哭直到嘔吐，實在缺乏節制。但不得不承認，在客戶回傳的大量刺青復原照中，那些女人的身體，都被她的刺青映照出某種魅力，教人羨慕，又教人迷惑。

轉進小巷，止步在和湯吃過兩三次的日本料理店前，鐵捲門貼著工筆寫成的公休公告。如果他路過，肯定也會停下來看一眼，可能是一小時前，可能是明天。

搭乘商場電扶梯向上，每道轉彎都是一次開獎，我仰面，從扶梯旋轉的空隙辨認樓上的人影，像要迎接幸運的泡泡從天而降。他（和她）可能在這間古著店，那間冰室，可能是掛著橙黃小燈串的週末市集裡，幢幢逆光剪影之一……。走啊走，走到店鋪紛紛打烊，招牌燈箱一盞一盞熄滅，直到捷運月台，也還有希望，餘光裡出入、停留的每個人，上車下車等車的乘客，都還包含著是他或她的可能。

列車即將進站。我刷到愛子的新貼文。

快照捕捉到一名青年，只有肩膀以下入鏡，正拎著兩只沉甸甸塞滿夜市小吃和手搖飲料的塑膠袋，往客廳小圓桌一放。再熟悉不過，是湯的手臂和他慣穿的衣物沒錯，地點就在早已永遠對我關上大門的他的租屋處。背景的玄關小吧台上，新添了一盞鹽燈，火焰般溫暖橘紅，訴說著對我的拒絕。

這清潔有序的單身樓中樓，愛子永遠不會曉得它的歷史。那片隔開陽台的沉靜灰色窗簾，老是惹得湯疑神疑鬼，因為我無數次躲在窗簾後嚇他。儘管閣樓的床鋪已經夠逼仄，不知道為什麼，我們樂此不疲地挑戰在更狹小的平面上做愛：每週擦得光可鑑人的吧台，樓梯間，桌上，甚至矮冰箱上面。

本來我會偷笑的吧。失落也有點，但我才不願錯過一個人偷偷享受上帝視角的惡趣味。壞就壞在，相片以毫無必要的清晰度，再現了他的身體。具體來說，是伸出T恤的一雙手臂。淡淡汗毛，前臂上的疤（十六歲偷騎摩托車摔車留下的紀念），皮膚光澤泛出些微汗氣。剎那間，我的鼻腔吸入他指頭上常帶的刮鬍泡香氣，舌面湧現出他體表的淡淡鹹味。

夏日暮色穿過鐵窗湧入閣樓，那刮人的藍色沉沉壓著他，他壓著我，比天空還重。熱已經剝奪我的力氣，夜晚正在剝奪我的視力，唯有體內的感知，隨他的律動通上了電，一遍遍愈加熾熱明亮。湯的短髮揪在我指間，迅速被汗漿浸濕，他的上背也冒出油滑汗水漸漸難以抓牢。我們快速失去光線。他的剪影扭頭，用肩膀抹掉下頷的汗珠，看不清表情，也知道潔癖讓他開始不自在起來。為了避免他停下，我支起上身，往他胸前長長地舔了一口。

後來不曾想起過他的汗水味道（相當複雜深奧的味道，令人很想再確認一次看看），直到這張照片。原來「看到」比「知道」多出來的，是活生生的身體記憶。

打工的霜淇淋店位在鬧區百貨公司內，日商洋食品牌，台灣基本工資。夏季剛開幕時，燥熱的排隊人潮日日蜿蜒至電梯口，我忙到眼珠跟著擠出的霜淇淋旋轉。深夜回家，尚未退盡的腎上腺素讓人亢奮得久久睡不著覺。入秋轉涼後，就多出大段大段需要打發的時間。同事W仔細用頭髮遮掩藍牙耳機，整天不知在聽什麼。我用藏在櫃檯底下的手機，不斷刷新愛子的帳號。

湯自己鮮少發文，幸好愛子敬業，一天至少十則限時動態，我開始習慣每次點亮手機都先確認她的頁面，等候她的頭像周圍亮起代表更新的斑斕色環，越看越像佛像背後的圓光。

愛子很少直接讓湯入鏡，但我總能找到他的身影。在鏡面裡。例如她獨照背後的超商玻璃門、她掛在領口的太陽眼鏡、水窪、車窗、後視鏡。鏡面是沉默的盟友，映照出掌鏡的他、低頭滑手機等人的他、與愛子並肩而行的他。每當她發貓貓狗狗的照片，我也會一一對準貓臉狗臉，放大調亮，期待在小動物的瞳孔裡見到湯，或是見到湯的局部。繼手臂之後我陸續擁有了，他的小腿加鞋子，新外套，耳朵和後頸曲線，手指。

湯說過小時候練游泳的事，他極少提童年，所以我印象很深。爸爸把七歲的湯放進泳道，自己坐在池邊，說游十圈才准上岸。對那時候的湯來說，游一趟就很累了，但爸爸又說，游完就買機器人給他。小男孩湯每游一圈回來，爸爸就報出這一圈贏得的部位：機器人的左手！機器人的左腳！機器人的肚子！機器人的頭！

他是笑著說的。我現在仍然不知道，那對他來說是快樂的回憶，還是絕望的回憶。

下班前發生了小意外。POS 機的營業額紀錄和實收金額有落差，下午站收銀台的是我，晚上是店長，不確定哪個時段出了差錯。按慣例，當天負責過收銀的所有人要自掏腰包平攤損失，但店長不肯出錢，堅持是我上班一直玩手機才收錯錢。「坦白講啦，少一兩百塊小事情，但要是我幫妳付了，妳就不會記得這次教訓。妳不信沒有關係，我陪妳去看監視器，我們一單一單算清楚……」

店長為了一百二十元口沫橫飛，站在那等待演說結束的時間，我只好默默研究他的凸眼，厚厚的眼瞼塌下來，厚厚的眼袋堆上去，中間轉動著冰冷的小眼珠。啊、好像變色龍哦。想到這，我忽然有點反胃，幹脆掏出全額，逃命似的下班了。

對自己生氣。要是老老實實點清現金再交班，店長也沒得說嘴，偏偏就這天忘了。我承認今天格外焦躁，掛在網上，為一件不干我的事。

愛子的服務公告裡，寫著目前「只刺認領圖、不開放客製圖」，意思是客人只能從她畫好、公布的圖案中選擇，不接受委託設計圖案。一位客人要求「以某認領圖為主，作點微調」，被愛子果斷拒絕，憤而在各大網站寫下長篇負評，指責她「態度極差」且「雙標」：明明當天在店裡等待時，看到愛子開開心心與其他客人討論設計，還當場重畫了好幾個版本。

愛子的公開回覆很符合她的畫風：「手長在我身上，我高興幫誰畫就幫誰畫。妳那天看到的不是普通客人、是我姊妹。你不是我的誰，請走公告規則。希望你這次看得懂人話。」

一開始，ＩＧ上的粉絲大多聲援愛子，一旦傳散到其他網站，事情被掐頭去尾，簡化為「刺青師拒絕改圖，嗆客人聽不懂人話」，網友接龍分享糟糕的刺青經驗，從刺青師難溝通，到刺青師跑路留下額頭上的半成品。愛子到處轉傳的那張照片，越看越抽象，彷彿她的臉代表了全體刺青師所犯錯誤的集合。

熱議的原因之一也實在是愛子的外型出眾，幾小時後論壇上的焦點變成「毒舌美少女刺青師是誰」。有人自稱高中與愛子同校，提供獨家資訊：「她當時就很……一言難盡」。也出現其他苦主作證，愛子雖然專業上不過不失，但溝通時不耐煩，刺青時全程臭臉，甚至曾經和客人約好時間卻放鳥，體驗很差。

另外有個配上愛子照片的二選一投票：「女生刺青你可以嗎？」底下分為「刺青超量」和「刺青很廉價」，兩派各抒己見，成為與本次事件相關（？）流傳最廣、互動最多的討論串。

希望你這次看得懂人話。愛子的回覆在我腦海中單曲循環。

湯淺眠，而我和傻瓜一樣好睡。一起過夜時，不管幾點醒來，湯都是清醒的。久而久之，想到沒見過他的睡顏，就像忘了什麼重要的事，心底漏進來一絲冷空氣。

等了將近半年，終於那天早上睜開眼時，枕邊有人。他面向我，無防備地微張著嘴，隨著胸膛深深起伏，嘴裡一次次呼出溫暖潮濕、實在不能說好聞的晨間口臭。原來如此，這就是他完全放鬆的樣子啊。我覺得非常幸福。找到他的手偷偷握住。過了一會兒，他回握，闔上嘴但繼續閉著眼睛。這樣握了很久，久到兩隻手溫度趨同，我手漸漸失去他手的形狀，甚至不太確定還在握著。被子底下的黑暗中，只剩下沒有輪廓、漸漸習慣的重量。

沒過多久，湯開始找各種藉口推遲約會，最後兩週乾脆不讀訊息。我忍無可忍，將他的東西全部寄還，幾天後湯傳來訊息：就先分開吧。抱歉，是我需要重新來過。

換作愛子，應該會在他第一次推遲約會時，就臭著臉下最後通牒吧，「不說就滾，別把我當外人」。或許那才是正解。

這層意義上，我並不希望愛子不幸。如果她更能真正地陪伴湯。

愛子的帳號湧入大量的冷嘲熱諷。我寫了一條支持她的留言，反覆編輯，刪改，最後放棄，轉而為每一則挺愛子的言論點讚。差不多點到第三十個讚時，湯出現了。他的留言夾在其他留言之中，像跑到 rap battle 上朗讀赤壁賦。他用好幾百字，將事件仔仔細細重新總結了一次，呼籲大家評論前先搞清楚自己在評論什麼。因為寫得太囉唆，展開讀的人不多，很快被口水淹沒。

愛子沉寂了兩三週沒上ＩＧ活動，不少粉絲留言關心，提到「懷念愛子發的狗糧」，畢竟她的粉絲大多是女性。為了服務喜歡戀愛花絮的粉絲，她回歸每日更新後，變得更樂於分享約會片段，發文附帶的 hashtag 除了＃女生刺青、＃彩色刺青，還添了個＃情侶日常，甚至開始接情侶小物商家的業配。

扣掉好幾次白天刪除ＩＧ、半夜又加回來的空隙，我依然得知到太多他們相處的細節，甚至有辦法預測他們下次見面的時間。

「懶得洗頭，戴帽子約會嘻嘻」，愛子這麼寫，在我眼中等於空襲警報。偏偏我是那種多事之徒，忍不住要一直把頭伸出防空洞偷看天空，有強烈衝動想看清楚自己會怎麼死。

他們約會的當下，我的拇指像小老鼠跑滾輪，強迫性反覆刷新ＩＧ。點開更新通知，心跳又淺又急：他們一起下廚。他們去了安藤忠雄的展覽。湯在公車站拿出撲克牌練習變魔術。

本以為看習慣了，刺痛感會漸漸麻痺，想不到正好相反。湯的一舉一動，仍然往我胸中注入眷戀和溫暖，然而那份溫存持續的時間越來越短，隨後而至的難受，一次比一次兇猛，無論我身處何處，它抽乾周身空氣、使任何的光、任何音樂都窒息。

我真是欲罷不能。

冬日陽光薄脆，是冰雪女王童話裡，從雲端掉落的魔鏡碎片。鏡子做成的陽光摔落地，濺起億萬片細如毫毛的碎片，扎進人眼，來往行人幾乎無所察覺。愛子在那裡，身穿毛料白洋裝和洋紅畫家帽，站在滿地眩目碎片中間。一個草莓蛋糕女孩，她和她的眼神又甜又綿。顯而易見，鏡頭彼端掌鏡的是湯。

我扔開手機，將頭塞進枕頭下睡回籠覺。半夢半醒的混沌之間，盡是愛子。

第一個夢。愛子和湯擠在一張單人沙發裡，她對受邀來派對的人群邊笑邊說，以前湯對貓狗過敏，於是她從全世界帶各種動物回家，他的過敏就慢慢治好了。湯寵溺地補充道「每次都被她說服」。什麼邏輯啊。然而周遭響起贊同的笑聲。

他還沒有看到我，我小心躲在人群裡，保持距離，不時低聲向身邊的朋友確認「我看起來正常嗎」。朋友是畢業後就沒聯絡的小學同學，不知為何，可能他的名字很好記吧。他說「妳看起來很好，但是不要這樣了。」

洗手間有大面全身鏡，鑲著古典的畫框。我脖子泛起一片紅疹，看到了，才開始癢，脫去全身衣服丟在腳邊，肚子和背上也出了疹子。下定決心，我不該待在這裡。

愛子走進來，表情冷淡地問：「要走啦，今天有什麼不開心嗎？」她的嗓音成熟，好像對萬事萬物都很篤定。「沒有，只除了我還沒穿衣服。」我試著開玩笑，她沒接，只透過鏡子定定凝視我。她什麼都知道。我忽然領悟。她知道我是誰，知道我每一次的點擊、放大、窺看。愛子的眼尾勾著貓眼般的漆黑眼線。

時空斷裂、顛倒、重疊。第二個夢，我渴望親手脫光愛子。想看她衣領下、短褲上的所有刺青，她從前練習基本功時將身體左半邊全部刺滿，右半邊點墨不沾，我想知道那摸起來是什麼手感。想知道她穿什麼風格的內衣，做什麼風格的愛。

我同時是我，也是湯，原來我仍然同交往時那樣、甚至更常，一邊從背後擁抱他，一邊順著他的目光和心跳往外看。

摸著自己想像她。懸懸灼熱的渴望，一半借用他的情慾，一半燃燒自己的空虛。我的心確實享受著湯對愛子的親密與喜悅，同時為自己皺成一團。

醒來已是黑夜。頭痛，像有什麼冰冷堅硬的東西卡在太陽穴深處，恨不得立刻再昏過去，但喉嚨焦渴逼我起身找水喝。刪除ＩＧ、重新下載ＩＧ、繼續監看愛子帳號之間，看了幾集動畫、無數文短影音、滑了一陣子論壇，意識再度斷電前，已經忘記今晚看過哪些文字與影像的碎片。

據說那天是大半個月來，難得出太陽的休假日。我也瞥見了幾秒鐘的陽光，在愛子的限時動態裡。

時常想起一支二〇〇〇年代的翻蓋手機。

手機的塑膠外殼被粗鐵線一圈圈胡亂纏繞，鐵線扭成幾個醜陋的死結。有人打電話進來時，少年含怨瞪著手機。打電話的四十歲女藝術家將少年當作性玩伴，少年不願再被玩弄，又捨不得錯過她想起自己的時刻，只好每次眼睜睜看被鐵線鎖死的手機，在桌上震動、旋轉、掙扎，直到打電話的人自己放棄。

那是部將近二十年前的日本電影，現在翻蓋手機換成了智慧手機，但看來人類完完全全沒有長進，或許還更退化了。

店長在 Line 群組公告新的工作規則：上班時間禁止使用手機。

我請同事W幫忙保管手機。為什麼？他露出似笑似怒的奇怪表情。我老實解釋，W越聽面色越沉，最後粗魯地解開制服圍裙，「我不要，好麻煩。」說完快步奔向他的午休。

我果然沒能撐到自己的午休時間。冬天、平日、上午，霜淇淋店沒有任何客人，我脫下矽膠手套，剛剛解鎖手機（密碼鎖比起鐵絲真的太弱了），本來站在死角的店長像變色龍偵測到果蠅，啪地射出長舌，將我黏在牆上。

訓話內容從不玩手機是對工作的基本尊重，又講回他最常叨唸的霜料耗費太快、霜淇淋份量給太多。「原料不要錢嗎？將心比心，如果妳是老闆妳不會心痛嗎？」如果我是老闆，再考慮看看「心」是不是可能使用在工作上，打這份工把心拿出來用，才真的浪費了。

終於等到一句「下不為例」，我垂著頭，從陳腐發臭的黏舌頭上脫身，W早已結束半小時的午休回到崗位。這次他一臉嫌棄地收下我遞出的手機，和自己的菸一起鎖進置物櫃：「妳至於嗎？」

真的是。我至於嗎？湯至於嗎？

為了分散摸不到手機的焦躁，我認真開始回憶。湯收摺傘時會一一拉順傘葉、再綁成整齊服貼的圓柱體。湯搭捷運時只坐面向前進方向的座位，否則寧可站著。湯抽獎前一定會作一回深呼吸再出手，就算只是出手戳一下便利商店螢幕上的折扣轉盤。

交往後，我將這些全都變成自己的習慣。這樣一來，處處都能核對戀人的存在，將自己的身體重合於他的形影。我的生活有了祕密。

然而現在，每一天都是易碎的甜筒餅乾，空洞一目瞭然。我能做的，只有盡量不思考地將它填滿。

左手壓下霜淇淋機把手，右手持甜筒在出料口下，穩定以手臂小幅度畫圈，先往甜筒內部填充基底，接著一圈圈垂直向上堆疊，裝到標準高度時，左手扳起把手，右手下沉拉長出漂亮微捲的霜淇淋尖端。輕輕巧巧，不假思索地填滿，填滿，填滿。

我確定這是一種疾病復發，類似毒癮復發，或者暴食症復發。W一看到被撥亂的置物櫃密碼轉盤，就知道我試圖猜出他的密碼，想偷回手機。W生氣時，口氣比平常更冷，約莫從攝氏十度降到零度。他將手機插進我制服圍裙口袋，受不了地說：「我沒有要當妳媽欸。」

兩分鐘後，我點開愛子最新發布的限時動態。她隨手錄下路邊穿玩偶裝的黑耳白兔在拉麵店門口發傳單，配字曰：酷洛米萌翻。我倒覺得那隻酷洛米搖頭晃腦的模樣頗憂鬱，像動物園裡被囚禁出強迫症的老虎。十秒影片即將結束之際，傳來畫外人聲，我的心臟鼓譟起來。戴上耳機放大音量重播，果真是睽違幾個月不曾聽過的，湯的嗓音。

「好了嗎，我們走吧。」他說。

背景裡交通嘈雜，反而更顯得人聲更近，就在耳邊，幾乎能聽出體溫和吐息。好了嗎，我們走吧。我蹲在置物櫃後面，播放了一遍又一遍。

實在不該蹲著，我的直立人格遲遲出不來。直到店長殺到，還捨不得摘下耳機。

愛子獨自挽著購物籃，在商場地下二樓的外國超市貨架間遊走，整個人好似從岩井俊二

《情書》走出來的人物。短到頸根的蓬鬆鬈髮和牛奶糖色膠框大眼鏡，把一張白皙的小尖臉遮得更小，粗織麻花高領毛衣外面再套傘形的牛角扣大衣，露出的手腕更形纖細。愛子比照片裡看起來更嬌小精緻，可愛得令我心痛。相形之下，我覺得自己硬生生大了好幾號，從臉頰到屁股，渾身處處臃腫多餘。

被解僱後，我有多日不曾登入ＩＧ。一面掂量存款與生活開銷，一面研究從前偶爾幻想的咖啡師和調酒師職業訓練（總之不想再做甜食了）。斷炊危機當前，想起湯和愛子，只像掠過眼角餘光裡的招牌廣告那樣，不興波瀾，輕輕飄去。申請履歷全數寄出那天，剛好是聖誕夜，心底有個小小的、癢癢的好奇，甦醒過來。

我以為自己停用ＩＧ「多日」，其實僅僅經過不到六天，愛子新增了一則不痛不癢的甜點業配。鮮亮繽紛的ＩＧ版面映入眼裡，像盒色素糖果，膩味，卻停不下一顆接一顆塞進嘴裡，蝕痛舌尖。

她今天甚至都沒發限時動態。湯向來認真慶祝節日，今天肯定會為女朋友做些什麼吧，不應該沒有吧？莫非他已經不像從前那樣費心經營感情？或者，相反的——剛剛升起的優越感瞬間打消——難道他們太過珍惜相處，以致於她願意打破每天更新的紀錄，收起手機，眼對著眼，手握著手，全心投入到實體的兩人世界之中？

冒雨返家的夜路上，愛子更新：照片是以酒瓶代替枝葉組合成的一棵聖誕樹，中央貼上一張 GIF 小動畫：兩隻卡通小狗共吃一根義大利麵。

我握緊傘柄，久違的，空虛而沉重的嫉妒襲來。冰冷的風鼓起雨傘，我迎風斷成兩半，腰部以上輕如保麗龍被吹上無光的城市夜空，腹部以下連同哭成爛泥的子宮，狠狠沉入下水道。

我認得那棵酒瓶聖誕樹，就位在不遠的商店街。向著長期凝視的螢幕對面、鏡頭的後方，我究竟能尋求到什麼？想清楚以前，已經在這間外國超市裡，找到了愛子的背影。

附近並不見湯的蹤影。去廁所嗎？我盡可能藏身在巧克力禮盒堆成的高塔後面，明知道應該在他回來前離開現場，卻一步也邁不動，全身石化，唯獨心臟不要命地跳。

愛子正在向收銀台阿姨請求什麼，她說起話嬌細而急促，如果容易受驚嚇的小兔子會說話，大概是這種聲音。店員阿姨表示不能只買購物袋，她便隨意抓了一瓶最便宜的韓國燒酒，再加購容量最大的袋子。

眼前這個人，我完全不認識。

當然，我從未自以為瞭解她，但應該也不算一無所知吧——畢竟一路看著她和湯從低調到公開，熟知她喜愛的輕珠寶品牌、她嚮往的車款，也知道她重新開始經營帳號後，就每日更新不間斷，即使追蹤人數一直卡在六千出頭，也沒灰心偷懶。甚至有些時候，我覺得沒人比我更瞭解愛子的魅力。

直到此刻，愛子立體地站在數公尺外，和我呼吸一室空氣，我不得不承認，我所知道的一切資訊，是張輕飄飄的包裝紙，宣示著「我有用心包裝喔」，此外幾乎可以和內容物毫無關聯。她給自己的標籤：刺青藝術、甜辣穿搭、情侶生活，對粉絲或對廣告商來說都很好懂，然而在連續的時間與無邊界的空間裡，我不懂該怎麼理解眼前的她。纖細、緊張、冷靜、嬌氣，也可能這些一時的印象皆是錯覺。她的真實就藏在看似無序的一團矛盾深處。她在想什麼，在乎什麼，她對湯真正的感受是什麼，我一丁點也不明白。

這三個月來無光、漫長、瑣細的窺看，分分秒秒都被吸進了手機螢幕的長方形黑洞裡，無一算數，甚至不給一聲回音。

愛子結帳後沒有馬上離開，她選了不遠處啤酒屋的大落地窗當作背景，開始自拍。我意識到她買的外國超市大號購物袋，即將在這個畫面中扮演視覺焦點，提供一抹隨性的時尚感。愛子做出類似大隊接力等待接棒的姿勢，向後伸出右手並且回頭，手上代替接力棒握著的，是雪白的自拍棒。她毫無多餘動作地以多種角度、神情回眸了幾次，旋即收起自拍棒，退到路邊修圖。

愛子的帳號很快發出了這張展現高度攝影、表演、編輯技巧的藝術結晶。誰都看得出快門按下時，愛子的右手正被人牽著，對方忽然停下腳步從身後對著她拍，捕捉到她將回頭的剎那，剛好飄起的髮絲間，她的眸光含羞帶笑。搭配文字：「男友視角最高。」

宛如落雷天啟，我好像明白了什麼。打開久未造訪的湯的頁面，果然又恢復成零則貼文。一片空白中，他換回那張黑白的萬年頭像，相片中那雙眼睛沒見過我，沒見過愛子。相片中依舊陽光燦爛。

什麼時候的事？湯是否也告訴她，「不是妳的錯，是我需要重新來過」？湯開始入鏡後，越來越多人追看愛子的帳號當作追少女漫畫，她只好繼續供應粉紅泡泡，發布還在交往時存下的檔案，或者今晚這種，約會的「間接證據」。

不知道出於對她，還是對自己的同情，我心軟得天昏地暗，回過神來人已站在愛子面前。

她低頭刷著手機，櫻色美甲喀喀敲擊螢幕，長睫毛有效率地上下刷動掃描訊息。落在她身上的光影瞬息萬變。我的拇指尖習慣性微微出力，真希望能像平時按住螢幕、讓限時動態停格那樣，壓住空氣讓她停格，以便仔細觀察。

原來愛子低頭也會擠出雙下巴。原來這是她身材的短板：全身纖細但髖骨和大腿顯寬，一向仰賴高明的穿搭和拍攝角度掩飾得很好。這些面對面才能看見的小缺點，令我感覺離真實的愛子更近一步。

然而，她猛然抬起的臉上寫滿警覺，我只得把已經跑到舌尖的「妳還好嗎」，硬生生扭轉成「妳……的耳環很好看！」她看起來疑慮未消，再補上一句「妳是 AIKO 愛子吧？」

聞言，警覺瞪大的雙眼忽然彎成月牙，換上稍微過於熟練的親切：「哦，妳是粉絲啊。

要合照嗎？」我也像突然想起台詞的演員，接下去說：「可以嗎？謝謝！」

她並沒有重新從皮包抽出雪白的自拍棒，而是上身稍稍傾向我，擺出那個我熬夜研究千百次的專業完美笑容。我只好打開自己的手機前鏡頭，毫無感動地，按下一張和愛子的合照。

林俊頴

戳破虛實的美麗交界

愛在網路蔓延時？網路摧枯拉朽多年後，姑且定論它已反噬、扭轉、變異了人與人的連接之質量，架構其上的情感關係是否等同架空？年輕肉身一入比鏡花水月還更虛幻更快捷的世界，究竟得到了什麼？那讓我愛得夜不能寐且忽忽若狂的人，皮囊裡是否有一顆黃金愛心，眞是天曉得，但他說走就走，隨即有了新愛人，我強迫症似的追問爲什麼？新歡究竟何人？貌似懸疑推理的浪漫劇場由此開始，AIKO愛子諧音了ECHO回聲，也是鏡像的衍生，職業刺青師更是叩問了感情膚淺、還是愛恨入骨不過是自憐自戀一場？

這篇小說既生猛又辛辣，既是闖關破案又處處反思，主述者癡迷追蹤到了揭曉一刻，有如來到一片白茫茫的冰原好悲涼，假想的情敵還是失戀的盟友的愛子現身，居然不過爾爾，那網路上自拍照「男友視角最高」是一記回馬槍，一舉戳破了眞實與虛擬的美麗交界。

二獎

楊隸亞

曾獲林榮三文學獎散文首獎，臺北文學獎年金得主，臺北國際書展大獎小說獎等獎項。著有散文集《女子漢》，短篇小說集《男子漢》，已英譯作品〈Nobi Nobita's Body〉。目前於馬來西亞新紀元大學學院擔任駐校作家。

▪ ▪ ▪ ▪ ▪

得獎感言

媽媽是摩羯座的，一直以來，我都覺得要活得努力上進才能確保她愛我，如今我很肯定她愛我，只因我是我。

感謝時報，感謝評審，感謝貓老師。

家庭對話

過了農曆年，我就要奔向四字頭的歲數。

老實說，二十五歲到三十五歲這段期間最難熬，每天都過得煩躁心驚，全天底下的人都比我更在乎我的姻緣。

母親率先傳來影片連結：「原來你已經是『彭佳慧』喔。」

「什麼？」

「大齡女子啊。」

點開網址，手機橫放，女歌手穿婚紗拍音樂錄影帶，在城市街頭狂奔。

往下滑，網友留言：恨嫁悲歌。

再往下滑，還有其他留言：四十歲？只能自摸吧。

一路下滑到留言盡頭：你才自摸，你全家都自摸。

彭佳慧騙人。三十歲根本不是一個坎站，四十歲才是。

身邊戀愛長跑的朋友，紛紛趕在這個年歲之前結婚，預約陰部除毛，臉部音波拉提，產檢中心，月嫂到府，以為迪士尼樂園快速通關券，集好集滿免排隊。

不該再想，想了頭暈。我繼續裝傻，低頭滑手機，親戚們卻紛紛抬頭浮出水面，用臉書功能對我發送戳戳按鍵。

「我是大伯。」

「我是小叔。」

「我是姑媽。」

往左滑，離開，關閉。

戴上耳機，我假裝聽不見。

年夜飯時間，他們拿出手機在我面前滑起來。

「妹妹啊，你怎麼都不加我們好友？」姑媽用拇指和食指把手機裡那張我的臉書封面照片放大再放大。「這個是你吼？」

呼呼，年夜飯的圓形餐盤轉來轉去，節奏呼呼。油雞、醉蝦、豬腰雙寶、佛跳牆、炸湯圓，烏魚子……一道又一道從廚房端上桌。我以為自己在看舌尖上的美食節目。

邊吃邊聊，菜渣列車。

大伯小叔姑媽都搭上列車，滿車老司機，靠近再靠近，菸垢老黃牙也對我嘿嘿笑。我拿下耳機，假裝努力喝湯，用碗公擋住左右視線。

「哎，人老珠黃，再不嫁就沒人要了。」

「凍卵，絕對要凍卵啦。」

「妹妹啊，有沒有——嗝——在聽？」

整句話沒來得及講完，打嗝聲倒是先從喉嚨衝出來。連牙縫都不放過我，大聲評論我的長相身材。

突然冒出一堆要求加我臉書的親戚，我懷疑是母親把我的帳號分享到早安長輩群組。環顧四周，我發現姑媽早已進行到飯後水果的環節。她還把剝完椪柑還黏著汁液的手指放在我的手臂。九、八、七、六、五、四、三、二、一，客廳的電視機發出新年歌的鼓點節奏，綜藝節目主持人叫大家快拿起手機對準螢幕畫面掃碼送大紅包。

抽紅包啦，大家快起來。母親和姑媽牽起我的手，嘗試擠進大伯小叔中間，電視機前一二三木頭人，手機定格，拍攝模式，宛如被按下暫停按鍵的辛普森家庭劇集。

大伯歡呼，抽中五百元，全部人踩著拖鞋，巷口買啤酒加甩炮。

他們利用一句新年快樂，滑入我的私生活。

真正打敗我的不是長輩，是月經。

半身向前傾，微微彎腰，臀部在馬桶上方移動，我感到後腰又疼又痠，彷彿肚子裡被放了幾顆石頭往下沉的垂脹感。低頭檢查兩腿間黑色混著幾絲銀白色、灰白色細毛的三角洲地帶，膝蓋中間有內褲，內褲中間還有塊夜用衛生棉。一滴兩滴，幾乎沒什麼經血。該換嗎？換了浪費，不換又怕陰部濕悶滋生細菌。

麻煩。

繼續滑手機。

姑媽在限時動態裡跳健身操，左三圈，右三圈。新年到，全家給我動起來。

我滑掉，開新網頁，在搜尋欄位輸入關鍵字：更年期症狀。

醫學用詞，英文文獻加參考書目，看得我眼花。整頁的意思大概是，多數女性都在四十五歲開始停經，少部分可能提早到三十五歲就出現類似症狀。這種現象在女性的人生旅程，俗稱更年期提早報到。網頁頂端還配上動畫，一名撫著自己肚子的婦女，雲朵式漫畫對話框，裡面寫著好苦惱三個大字。

我把網頁上的衛教資訊轉發到通訊軟體內的女同志群組。

附上個人留言：沒想到我也有今天。

群組內很快就叮叮噹噹響起回應。

-不會吧。大姐，你不是還沒四十歲。
-不是說好要一起泡妞、泡拉子夜店，直到做阿嬤嗎？
-人家都沒生孩子，哪來的阿嬤。
-我們女同志群組終於誕生第一個歐蕾啦，掌聲鼓勵。
我用手指複製「歐蕾」兩個字，另開網頁，轉貼在搜尋欄位。網頁出現歐蕾，中年女同志，顧名思義 Old Lesbian 的意思。
群組內不知道哪個疑似做直播賣藥的，也跟著留言。
-大姐，聽說年齡漸長，雌激素和黃體素都會逐漸減少。您和您的女友還沒有小孩吧？建議您如果要孩子的話，要趕在四十歲前搶先凍卵。
-媽的，又跟我說凍卵？
-來人，先凍了她再說。拉黑名單。
-真是有夠廢的，聽君一席話，如聽一席話。
-還讓不讓人過年啊。
親戚剛走完一輪勸婚，母親還擅自扭開廁所喇叭鎖，對我下半身發號施令。
「褲子穿一穿，幫我把廚房後面那兩桶麵筋送去你大伯家。」
我實在不明白，大伯明明剛來我們家吃年夜飯，為什麼不在飯後把那幾桶該死的麵筋順便打包回家。

我始終沒有告訴誰，老家是賣麵筋的。

老家廚房的碗盤，早已脫離月圓形狀，還缺了角。

缺角的碗盤，野獸牙齒，凌亂不整的齒列狠咬，一碰觸就會割傷雙手。

「缺角的不要丟。我只做一遍給你看，你要看好。來，看我手勢，麵粉加水，手心搓，用水沖，拿網子把碎碎的粉篩掉。然後，給它們通通切小塊。不要太大，也不要太小，丟進盤子。你看一個大拇指這樣，剛剛好。」母親伸出拇指比了個讚。「揉一揉，揉成圓形。鍋子現在可以倒油，油熱了，滾了，從側面丟進去。」

母親還在所有句子開頭，都加上一個來字。

來，這樣會吼。

來，你們這樣一袋，本來是三百五十，要收攤了，算你們三百。

來，找錢。

來，你台北的工作是能賺多少錢，回來幫我賣麵筋卡實在。

母親收錢還收集缺角月亮，鄉下虎姑婆。

夜裡還喊著來，來，來。

我還是換了新的衛生棉，捲了又捲，把沾著稀少經血的棉片扔進垃圾桶。垃圾桶的邊角也缺了。缺角對缺角，開口笑我。

身體浮出肌肉記憶，我就是一個鄉下菜市場賣麵筋的女兒，難以逃離老天替我安排的人生命運，提早變成一個中年阿嬸。

我沒有其他兄弟姊妹，母親是唯一的陪伴，但她太晚察覺我和其他人的不同。小時候坐在沙發總是雙腳開開，絲毫不在乎裙子裡的內褲露出來，不要白雪公主，要戰鬥士星矢。她對我的手指所指向的方向，不知道是假裝沒看見或絲毫不在乎，就像剛把智障型手機換成智慧型手機的數位長者，缺乏知識和慧根，只會開機關機，滑上滑下，看見釣魚訊息也滑進去，最後，還把自己的銀行帳號滑出去。

虎姑婆，不，母親，從前發威的時候老是扯著嗓子喊，好佳哉，你讀書成績好，不然你被分到放牛班，家裡面子也給你丟光光，我還得去學校送麵筋當禮物，給你們級任導酥。

我說，導師。

虎姑婆又重複一次，導酥。

她根本不知道，這世界上沒人稀罕她的麵筋。

清晨起床洗臉，我隨母親去菜市場的早市擺攤，那些醃泡菜，麵筋，土豆，它們總是有一種食物過剩的油耗味，全部悶在一桶又一桶的塑膠桶。這些橘色塑膠桶被塞在廚房跟曬衣場連結處的通道，桶子外面貼著各種小菜名稱。母親向來習慣用黑色簽字筆標示不同小菜品項的名字，但她老是分不清菸，煙，醃，淹幾個字。不管何時，總有一個落單的桶子，有如被遺棄的孤兒默默靠著牆壁角落，桶子外面被寫上：淹泡菜。我每次看到這些桶子都覺得好像真的有幾根破碎漂流的小白菜，在肉眼看不見的深處被覆蓋淹沒，散發出比普通泡菜更酸澀更腐敗的氣息。

母親更不知道，我接近那些橘色塑膠桶根本不是想偷吃。那些廚餘桶一樣的桶子，油膩噁心。每當小鎮裡最大型的垃圾車唱著歌駛來，我都想打開住家後門，讓桶子沿著傾斜坡道往下滾，所有被寫錯的桶子的命運統統滾進回收車內部。碾壓，絞碎，旋轉，消失。

終日在菜市場喊聲叫賣，母親的聲線起伏逐漸跑調，這幾年每當她想提高音量，奮力扯喊，試圖升起的氣息還沒往上走，就在空中消逝，只剩嘴角冒泡。鄰攤賣豬肉的廖阿姨在背後偷說那叫破鑼嗓子，我聽著卻感覺像是一只漏風的塑膠袋在空中飄，別說鳴響，恐怕連破鑼都不太能稱得上了。

母親的喉音混著小菜在空中飄盪，流進耳朵洞穴。我早已放棄抵抗。

大湯勺，土豆、麵筋、泡菜，塑膠袋爬上秤重台的循環反覆。

來，算你整數就好。

我迅速從零錢盒旁，拿出一條紅繩將所有裝滿加工食品的透明塑膠袋束綁成更大的一袋。

來，外面油，小心拿。

我張開嘴巴，分明是母親口氣。

攤位後方，桶子和桶子間，穿無袖汗衫，背上頂著富貴包的母親嘴內叼著牙籤，她不斷用舌頭將尖銳的彼端，上下來回搖晃。無人知曉的時刻，她又悄然變身，虎姑婆。

虎姑婆在賣菜時間搭配小電視，螢幕裡不斷重播的白娘子傳奇。每次演到水漫金山那場戲，她都拿出蒼蠅拍，用力拍打背上的陳年富貴包，還不忘向電視機裡的畫外音互動，唷，落大雨，作大水，雷峰塔要倒下來。

白娘子挽著許仙手臂，說千年等一回，衣袖內的皮膚紋理都在發疼。軟綿綿的情話。跑馬燈字體：夢纏綿，情悠遠。一艘船在湖上輕盈游動，飄移飛快，兩人眼神有愛，又摟又抱，含情脈脈。清秀女子穿著男人的裝束，頭髮收得緊緊的，胸部壓得平平的。我伸出手撫摸電視機螢幕表面，畫面內的許仙也同時看向我。

手指好燙，好燒。白娘子的老公是個女人。

我伸出的手指很快辨認，那就是同族的化身。

凌波，葉童，楊麗花，還有陳亞蘭，她們充滿氣勢的眼神即是指令：

吾皇在此。

麵筋攤前沒客人，我又拿出手機，朝女同志群組發訊息。

－女扮男裝，還是得亞蘭姐。

－吾皇萬歲。

－萬萬歲。

－眾愛卿平身。

－歐蕾姐懂撩喔。

虎姑婆舉起遙控器，加大音量，螢幕裡雨水聲氾濫出來。

許仙和白娘子從湖邊離開，一路航行，直出海口。

天界落雷，將水路一分為二，大水沖走二人。一人在島上，一人在河裡，源源不絕的水流伴隨雷雨，覆蓋整片大地，等到放晴後，兩人在河岸彼端各自甦醒，發現自己跟對方早已位於一河兩岸。她們只能在湍急的溪水一方，向渺小的另一方揮舞雙手。只有兩條路，第一條，她們渡水而死，另一條，當隔水戀人，一生一世。

兩個女人要怎麼在一起，課本沒寫，學校沒教。

我用湯勺整理賣剩的小菜，一邊努力回想中學時期的記憶。

健康教育課本裡面有人體性器官圖，左邊男生，右邊女生，只有男生下方掛著露出的性器，小小一段。級任老師提著小袋子，從裡面拿出香蕉跟小黃瓜，一手香蕉，一手黃瓜，在教室的講臺揮舞。

同學們，這就是以後你們長大，成年了，談戀愛了，自然而然就會看到的。老師又拿出一塊形狀扁扁的，銀色正方形包裝袋，她撕開包裝，抽出一個說不清是透明還是黃色的塑膠小圓圈。

來，先放在小黃瓜最尖端，位置對準，然後要快喔。大家看仔細，手的動作要快，這樣擼下去。

老師講到擼下去的擼，臉色變得興奮，遠遠看上去，耳朵好像還有點紅紅熱熱的。同學們的反應不一，有些跟老師一起羞紅臉，有些眼神熾熱，嘴角斜斜笑著，也有些人一臉木然，搞不清楚狀況。

我回家問母親，為什麼老師一手香蕉，一手黃瓜？

母親說，我不知道啦，那你們老師需不需要麵筋？

又是麵筋。

「給你大伯的麵筋送了沒？還不出發？」虎姑婆突然吼出聲音。

記憶也缺角，我拿出口袋裡的手機，谷歌地圖輸入大伯家地址。

藍色小標點在地圖上閃動，騎車四十分鐘。
戴上安全帽，油門催落，再催落，車子引擎熱起來。車前車後，兩顆輪胎滾動風聲咻咻叫。
逃離虎姑婆和她的菜市場。
我點開手機的照相功能，九宮格瞄準正臉，無濾鏡自拍，上傳到女同志群組。
－小鎮女同志浮出水面。
－歐蕾姐太酷了。
－GO！GO！GO！
－找我拜年，請你喝咖啡歐蕾。
－先找我拜年，請你吃麻糬。位置：648雲林縣西螺鎮延平路130號。
－家人們，我們女同志群竟然有麻糬大王。
摩托車還沒靠近麻糬店，已經無法再往前騎。坐板凳的，拿報紙和樹葉佔位置的，大喊點餐外帶的，老人帶小孩，超齡隊伍，排隊買伴手禮。
－我在樓下喔。
－收到。我穿愛迪達運動服，白球鞋。
－紅色機車就是我。

女同志相認時刻。

一百六十公分，體育服女孩，手拎麻糬禮盒，小個子，奶T。

奶T說，生平無大志，留在小鎮賣麻糬，一幫北漂同學取笑鄉下人。鄉下人天光未亮，先包紅豆，再包芝麻。

「這算是我的喜餅，有緣，送你，我年後結婚。」奶T口裡冒出娃娃音。

「茫茫人海，哪裡找的老婆？」

「滑一滑，搖一搖，就出來了。」童音無欺，童音無敵。奶T晃動掌心的手機，晃出婚紗照。

「新娘子離過婚，帶一個小孩自己生活。」

「介不介意？」

「介意就不會娶了。」

奶T說，趕不上同婚第一波。家裡做生意，父母什麼都要算命，拿著未來新娘的生辰八字跟她的合在一起，說不宜太快結婚，否則離婚，功虧一簣。

「T年紀大了才想找個伴一起生活，會很難。」奶T嚶嚶嚶。

「小朋友，我才三十幾快四十歲。」

「中年人要好好保養身體，月經沒來，腰痠背痛又失眠怎麼工作。要不要返鄉？現在很多像你這種的。」

「我是哪種？」

「不分？歐蕾？」

「你才牛奶咖啡。」

虎姑婆來電，奪命連環 Call，想必又是問麵筋的事，我急忙將兩袋麻糬禮盒掛車身，路邊停車，朝手機下方的收音孔語音輸入回訊息：快送到了。

幾個買完伴手禮的路人走過我身旁，紛紛大喊送餐加油，以為我熊貓外送。

等待紅綠燈，我繼續低頭滑手機，在限時動態上傳和奶T麻糬合照。點開女同志群組，留言：#女同志返鄉打卡成功。

機車輪胎在小鎮繼續滾動。隨著商店招牌愈來愈少，紅綠燈號誌的距離愈來愈遠，我發現自己已逐漸離開市區，往荒涼的海岸道路前行。空曠的道路，冷風吹進外套，忍不住脖子縮緊，打了個冷顫。這一趟前往大伯家的路途，沿途還會經過奶T跟我共同讀過的中學。

小鎮上唯一的高中。我總是在學校附近的泡沫紅茶店玩彈珠台消磨時間，以前的時間是紅茶汽水，好甜，泡泡消失後，只剩下杯底無力、多餘又乏味的糖分。

嘴巴裡哼出的曲調隨摩托車的輪子搖晃。

外面的世界很精彩，闖出去，我就可以活過來。

手機震動，換姑媽來電。

「妹妹啊，這是最後一次機會喔，你過完這個年，就四十了。」

「上次噴水池雞肉飯那個？還是里長伯雞肉飯？我忘了。」

「什麼雞肉飯，豬肉飯，那個老早就沒有了啦，你要是再挑下去，什麼都沒得吃，阿彌陀佛，天天吃素。」

「這次又是賣什麼的？」

「賣醬油的啦。大同路賣燒金紙隔壁，我把地址發給你，你送完麵筋，從大伯家過橋就到了。姑媽這邊通通都給你談好了，人過去就可以。」

麵筋，醬油，醬油，麵筋。

我發覺自己根本從來沒有闖出去。

台北的工作，滿五年，月薪三萬元。母親不時傳訊問我公司到底在做什麼的？我總是敷衍，啊，就是跨國食品公司。

母親把消息透露給其他親戚，姑媽和大伯都說，跨國生意，薪水一定讚。

我不敢說。那只是一間位於捷運站旁的團購網，提供網路上的團媽團爸業配食品，偶爾幫忙集運、代運進口食品的迷你工作室。我每天坐在辦公室接客服電話，在系統輸入訂單表格，除此之外，公司所有厲害的行銷方案都與我無關，是坐在我隔壁和後面的企劃部同事寫的。

我上班從不化妝打扮，沒有直面客戶的需求，規律完成的項目是提早上班，準時下班。無論如何，我都不打算向母親透露太多，包括年底領到的員工全勤獎狀也放在抽屜沒帶回家。畢竟，獎金津貼只有五百元，連返鄉的車票費都不夠付。

唯一可以肯定的是，我所做的努力在母親眼裡根本不算什麼。每個月底吃吐司或即期餅乾的那幾天，在還沒完全發酸卻微微產生異樣變化的食物內餡之中，我都會格外清晰地想起老家的風景。

麵筋。

她用我厭惡的麵筋，養活了全家。

我和父親吃著她賺來的錢買的米，穿著她賺來的錢買的衣服，但不知道從什麼時候開始，即使整個春節都過完了，她不買新年裝，不往臉上抹化妝品，也不再去嘟嘟髮廊吹頭髮。

母親再也不會朝著春天去了。

父親全然忘情迷上賭博明牌。最初只是單純的進香團，拜拜、求保佑、遊車河，幾個認識的團友又輾轉帶著他去大眾廟，捏在手上的彩券紙中了四個號碼，輕飄飄的一張紙，錢來得又快又容易。鎮上的人們團報，小巴士載著一群男人去荒遠海濱或幽暗公路旁的陰廟、道觀，聽說連夜半的無名墓仔埔也　落去。

也許塞滿麵筋桶的家對他來說才是鬼屋，他有時把廟裡香灰或繞過火爐的符水帶回家混在茶杯給母親和我喝。大家樂，並沒有讓父親發大財，只是加速和母親提早離婚的時間。

奇怪的是，他們還是會在菜市場遇到。

父親不知道基於愧疚或不甘的心理狀態，還是會幫母親把麵筋桶從菜市場大門口一路滾到攤位，掀開那些橘色的塑膠桶蓋，再把袖子捲起來，用銀色的鋁製湯匙，用力攪拌，再回到小叔的攤車顧攤。

麵筋攤就卡在大伯跟小叔的雞肉攤和豬肉攤中間。而且，本來豬肉攤是小叔一個人的，不曉得什麼時候卻變成廖阿姨的。一開始，她只是兼差，後來變老闆娘，再後來，攤位上方掛著又長又大的招牌，寫著廖阿姨豬肉攤，純，優，精。

純，優，精三個字的字體外邊還鑲套住紅色的圓圈，散發一種想暗示品質合格，卻更讓人感到隱憂不安的氣氛。

父親搬出去後，家裡的房間擺設還是老樣子，只是父親和母親共睡的大通鋪剩下母親一人獨眠。她不怕靜，也不怕鬼，還說自己最怕吵。好幾次我拿著枕頭敲門，問要不要聊天吃宵夜，回應的總是帶著怒氣卻疲憊的漏風嗓音。除了鎮痛乳膠和正光金絲膏，誰都別來煩她。

大家樂不只是賭博遊戲，還是大風吹，吹散父親和母親。即便如此，他們愛到坎站的命運，沒有阻止我對愛情仍懷抱憧憬。

整個家族無人知，我悄悄拜過月老廟。

排隊領線上號碼牌，網站首頁點選「網路報名登記」按鈕，小游標會立即引領至隨喜功德金捐獻網頁。畫面小字提醒：添油香的時機到了。我趕緊點選添油香加一，放入購物車。隨後，又被帶往捐款網頁，頁面顯示最低額度新台幣一百元。

找真愛，一百元，有何不可。價位合理。島嶼通貨膨脹，連診所掛號費也趁機漲價，二百元，雙倍。治病比找真愛還貴。

深吸一口氣，我打開錢包，拿出金融卡，點選網路轉帳，在下方空白欄位處填寫捐款資料。

送出捐款金額，畫面出現小勾勾。

一個穿著亮紅色長袍，頭戴囍帽的白髮卡通老人拄著拐杖，波浪搖擺跳起舞。原來是月下老人。還以為聖誕老人。

畫面顯示：恭喜您完成月老見面儀式。請在下方填寫參加者姓名、手機號碼、通訊地址、電子郵件和農曆生日。

我謹慎確認螢幕上的訊息，送出報名表。

不到幾分鐘，我的電子郵件信箱閃現新郵件標題：您終究會遇見有緣人。點開郵件，大紅字，喜氣迎接，見月老的日子被預訂在平日下午，依照參拜序號入場。電子排隊，環保。

我心想，或許可以打電話去廟裡，請廟裡的幹事寄紙本到小鎮住家，給母親，給姑媽，給小叔，再給大伯。

用來堵他們的嘴。

結果，月老沒來，倒是姑媽介紹的醬油男先來。

他照三餐問候，往我的通訊軟體傳訊息：早安，午安，晚安。

點開大頭照，放大，他襯衫汗濕，兩個腋下通通水逆。

一百元真的找不到愛情，我感到自己急需保庇。

已讀亂回：不好意思，我頭暈，噁心，鼻涕倒流，一團火在胸口燃燒的感覺。醬油男把訊息截圖傳給姑媽。

姑媽說，那叫胃食道逆流。

大伯說，你要吃胃藥，去診所領藥。

母親說，慘了，火燒心，袂當。

火還燒到女同志群組。

奶T才訂婚，就吵著要離婚。

-歐蕾大姐，你勸勸她吧。

-不是說T年紀大，才想找個伴一起生活，會很難？

-嚶嚶嚶。她跟前夫的孩子，不叫我爸爸也不叫我媽媽。

-那他叫你什麼？

-鬼娃恰吉。

-恰吉？我只聽過恰恰。

-愛情的恰恰，袂當放忘記。

-你是恰吉，那你老婆就是鬼娃新娘蒂芬妮，你們還是百年好合。

奶T把愛情片演成恐怖片，家庭版變成社會版。

用完行李袋內的最後一片衛生棉，我決定回房收拾衣服，提早搭車回台北，告別混亂的小鎮。

一隻壁虎，唧唧——唧唧，用極快的速度從房門角落爬向牆壁天花板。跟隨壁虎的移動路線，我才發現房間的水泥牆缺乏粉刷修補，天花板邊角的油漆顏料早已剝落下來，破碎的雪花隨著風扇的運轉方向飄落，大塊的，小塊的碎片落在地板。衣櫃旁，一幅近乎褪色的月曆畫報，是母親從農會帶回來的，畫報裡的西瓜保持在一種淺淡的綠色，身上的紋路像是失戀痛哭後的黑色眼線，隨眼淚往四周散開。

月曆背後的牆面，張揚著醜陋笨拙的多色塗鴉，一路穿越衣櫃蔓延到房門。

我伸手取下月曆。

牆上畫滿兒時的志願與夢想。

我想成為飛機師。

藍天，陽光，草地，流水。

一架尾端帶著飛機雲的噴射機，呈現發射姿態，斜角線飛越整個牆面。

彩虹，獨自在空中懸停。

我用手指觸摸那道彎彎的彩虹，那是用母親給我買的第一盒蠟筆畫的。如今看上去，卻像是和另一個陌生人打暗號：我想成為一個勇敢的人。

整理衣服的時候，我發現衣櫃內的夾層有被翻動過的痕跡。抽屜與抽屜，隔層與隔層的隱密一角，藏著學生時期開戶的存摺印章和日記本。

我在腦海裡幻想，母親恐怕早已翻閱日記的每一頁，熟讀我所有心事。她會像早期鄉土劇那般戲劇性或嚎哭或哀歎自己命苦，還是她會不動聲色，把祕密塞回縫隙，如同平常把賣剩的麵筋倒回塑膠桶。只要讓事物回歸它們原本的位置，就能假裝一切都沒有發生。

一紙平安符從日記內頁掉出，墨水暈開多時的原子筆痕跡，沿著紙張邊緣一路垂直歪斜：保佑女兒找到愛她的人，好男人尤佳，好女人也可以。

－歐蕾大姐，你的故事講完沒？

－怎麼樣？嫌中年人很煩喔。

－醬油男的相親還是去一下，替自己的下半生（還有下半身）著想一下啊。

－我們這裡是女同志群組，我看樓上這位你是直男吧？

－群主快踢人。

－這裡只歡迎母的，公的走開啦。

春節仍在繼續，人潮稀疏的北上列車，腳邊的行李袋裡持續傳出麵筋和泡菜的氣味。手機跳出訊息，母親邀請我進入通訊軟體內的家庭群組。

我想了一下，按下同意。

母親又傳來一張長輩貼圖。
盛開的蓮花，金光閃閃，圖片上帶著文字：金思念。
我在圖庫裡尋找，也回傳給她一張。
一隻橘色小老虎被母老虎擁抱的卡通貼圖，也帶著文字：愛老虎油。
母親沒有再回傳。

我閉上眼睛，感受著火車前進的節奏。
駛出山洞後，終將有日光照進吧。

林俊頴

中年女同的家庭對話

年近四十的北漂女同志春節返鄉，回到本土味血濃於水的西螺，面臨大家族的逼婚考驗，她要怎麼辦？由是「對話」兵分二路，一是伯叔姑姨與阿母綿掌般的情勒，另一是社群媒體未曾見面的姊妹的葷腥不忌的七嘴八舌，她看似輕鬆地游移兩者，尋思姻緣路的究竟，心中卻是繞樹三匝吾枝可依。

作者企圖創造一種聲腔，同婚法已經實施了，那就該捨棄悲情，大膽向前行，打造一個新世界。然而創業維艱，新世界還都是老問題，自由身還是得穿衣吃飯，前途一片茫茫，她必須藉由自嘲保持瀟灑的姿態，也終得承認虎姑婆似的阿母才是最大的倚仗，母女連心，當然可以情同姊妹，血脈基因相連，也當然勝過異姓通婚。小說末了的再度出走也是回歸，「家庭對話」到底是中年女同的心內話，面對人生、人身處境，細思牽連深情，有著不能簡化也無從割捨的複雜與纏綿。

佳作

戴國皓

臺大中文系畢業，曾獲臺中文學獎、臺大文學獎等，喜歡旅行，正在持續尋找創作對自己的意義。

▪ ▪ ▪ ▪ ▪

得獎感言

謝謝家人，也謝謝文學路上的朋友們。
生活總是充滿令人出乎意料的事物，而書寫則讓我得以探索更廣闊的世界，相信在文字的某個轉角，那些神秘與感動，又會被自己或他人重新邂逅。
非常感謝評審們的肯定。創作的旅程仍將繼續。

在地球之上

1

那年我們十歲，卻比誰都清楚地球的模樣，因為它可以觸摸，可以進入，還可以沿著半生鏽的樓梯攀爬，發出嘎嘎嘎的聲響。

我跟賴齊輝最喜歡躲在地球裡面，拿出甩炮一丟。砰——這顆巨大的像是外星生物卵蛋的水泥建築裡，回音宛如大砲，讓人以為有哪座老宅又意外倒塌。

但在這四面環山的地方，回音算是最連廉價的戲法。

那顆地球就蓋在後山地母廟的九龍池上。爸說，那是他國小三年級時，跟地母廟最初的主體一起蓋好的。

地球下方雖然有樓梯讓人近距觀賞世界各國，但我們的社會成績並沒有因此提高，因為它每天立在那裡，反而沒有人仔細去看。

關於那地球最大的謎團，就是它高聳的無法看見的頂部，究竟是什麼顏色。有人說是白色，因為北極就在那裡；也有人說是綠或藍色，因為整個地球只塗兩色：水是藍，地是綠，跟課本一樣。

但在我印象裡，沒下雨的溪水是灰色，下過雨是泥褐色；爺爺柳丁園旁邊的水溝，有時甚至會出現夢幻的彩虹色。爺說：「你衣服的顏色就是從那裡來的。」那讓我不禁對村子產生一種肌膚相親的情感。雖然賴齊輝說，肌膚相親不是這個意思。

爸則在我生日那天，指著那地球的藍色告訴我：「那是海，你看過嗎？不是水溝或者抹布溪，那種格局小的東西。」

可是如果世界大到某種程度，連水都會變藍的，那地母廟的大蓮池（比學校的操場還大），怎麼會是黃綠色？前陣子那裡頭還溺死了一個外地年輕人。有人說是失戀，有人說是酒喝多了。但我跟賴齊輝都覺得是唬爛。因為這裡頂多就是坐遊覽車來的進香團阿公阿嬤。別說失戀跟喝酒了，他們連池子的欄杆都扶不太動了，怎麼越過？

而後山的地母廟，也是我學會騎車後抵達的第一個遠方。

途中會經過一棵波羅蜜，被大家稱作「惡魔樹」，因為它果子比冬瓜還大。

聽說已經有三個人，騎過時忍不住偷摘下來擺在車籃，結果搖搖晃晃摔進了草叢。賴齊輝對此表示，是煞車系統失靈，加上剛下過雨全是泥濘，他才停不下來。

彎了兩個彎後，會經過鎖鍊長得像是沒綁鎖鍊的看門狗。每次牠都喜歡用勒不斷似的脖子向人證明，鎖鍊是存在的。

「幸好人的脖子跟狗不一樣。」

也許賴齊輝是想起了他那懸吊在半空中的父親。

他說，真正不咬人的狗，不是不吠的狗，而是再也吠不了的狗。

最後，進到地母廟前，要騎過比操場還長的好漢坡。我最常找賴齊輝比賽誰的落腳處最遠。

小時候爸常說：「等你能夠腳不落地就騎過它時，你就是大人了。」

「那老了踩不動，又會變回小孩嗎？」

爸只是拍了拍我的頭。代表他講不贏我，或是不想再跟我講。騎好漢波就像進入車店檢查站，能發現一臺車的齒輪、鏈條、踏板，如何緊緊彼此卡住與牽引，甚至腳踝與膝蓋的悲鳴都像山鳴一樣。

似乎人身上也有鏈條，隨時可能繃斷。

但就像為了獎勵越過長坡的好漢一樣，從地母廟後面下山時是無盡下坡的直線天堂路，從那裡一路順風下去，感覺快過火車；而火車是我所知道的東西裡，跑得最快的。

相比深不見底的地母廟大蓮池，天堂路更容易讓人上天堂。因為掉進水裡還能游或浮起來，但騎在天堂路的下坡，就像轉斷的手錶旋鈕一樣，一切的調整與暫停，都開始失靈。

也許去了天堂就是那種感覺。

「如果有一個石頭立在中間，就能直接去另一種天堂。」

賴齊輝說完，我跟他都笑了。

2

穿過了蓋在臭水溝上的子午橋，我跟賴齊輝下課後都在這裡分別。我回到我那火車廂似的家。由於是傳統三合院的東側廂房改建的鋼筋建築，整體異常狹長。從門口能看見盡頭的廚房花窗，以及坡度上升而恰好切齊窗底的黑色柏油路。上頭只看到鄰居的鞋子跟腳，不過我逐漸能對應出人臉。

而我們家所有房間都嵌進長長的走廊裡，好像是一節節可以載好多人的車廂。如果有天我的火車紙牌變立體了，可能就長那樣。

在這火車不願意停靠的山腳村落，我家就像是一處遠離鐵軌而被遺棄的火車墳墓，既不通往哪裡，也不離開哪裡，它自己就是終點。

那讓人感覺可以永遠待著。

不過在我有印象裡，我大伯是第一個離開的人。

他跑去後山躲貓貓了，當一個被找的人。

那天是個無雲的中午，賣豬仔阿南像被野狗追趕似的，跑到我們家族的三合院中間大喊：「幹，趕緊，趕緊，出大代誌啊！」

後來我偷偷聽見村裡的人說，是來了一個頭髮油亮，花襯衫掛著墨鏡的年輕男人。外地仔。開車去地母廟……。

（我想，哪有肖年仔會開一點鐘的車，九彎十八斡也欲來遮拜地母娘？）

那個外地男人說，是我大伯用那種會讓煞車失靈的速度，從好漢坡上滑下來……而且人有年紀了，手還是大腦可能也不好控制；總之他在好漢坡的入口停下來，我大伯的車滑下來撞上他的車。

「他媽的腳踏車跑過來撞車，臉會撞成這樣？」我大伯一家聽到後，輪起掃帚就是一陣追打，把柄都打斷了。

但事實上，我並沒有大伯死去的感覺。因為他回來時裝在箱子裡（大人說這次不能看），離開時又裝進了一臺長得不可思議的黑色車子裡。從頭到尾我都沒看到人。

出殯那天，大人們翻出紅色農民曆，從密密麻麻的歲次、生肖、宜忌、東西南北裡，只翻出一句「你們記得躲好」。

「我們為什麼要躲起來？」讀幼稚園的堂弟問我。

「因為大伯要躲起來了。」

「大伯要躲起來，我們為什麼要躲起來？」堂弟說完，我沉默了一陣，擠出一句爸搶電視遙控器常會說的「就快結束了」。

大伯的出殯儀式搬演了一個上午，最後我連他埋在哪裡都錯過。但按照祖訓，他應該埋在後山，跟我從未見過的曾祖父或曾曾祖父躺在附近。

我始終覺得大伯只是躲在了哪裡。

畢竟這山村處處有地方可以讓人躲上一整天。而這種找不到，據說是一種恩惠。

有次，我堂妹抓著滿是油墨的廣告單，指著其中一個最五顏六色的圓形，吵著要吃，吵到躺在洗石子地板上打滾。我媽受不了，打了電話。一個小時後，披薩外送員一臉生無可戀地騎進了巷子說：「久等了。」

媽猛說著：「抱歉，抱歉」好像在替我們這些讓人容易迷路的路道歉。

外送小哥像來收購柳丁的中盤商算鈔票那樣，數了一疊折價券。恢復微笑。說是公司規定的「補償」。

媽笑著拿折價券對我說，找不到也有找不到的好處。

外送小哥離開前，爸指著前方土角厝旁邊看不見地表的綠油油草叢，說了聲「捷徑」。

外送小哥的表情我一生難忘。如果有人指著墓仔埔的鬼針草叢跟我說是天堂，我也會變那樣。

不過那時我還不知道，過幾年墓仔埔地會「過期」，被公家收回，招標蓋成有沒開冷氣也很陰涼的運動中心。

幸運的是，堂妹咬了那變得乾硬如土角厝敲下來的披薩後，再也沒有哭著要吃第二次了。那是我童年裡，唯一一次看到有外送的人進來這裡。

而那厚厚一疊「買千折十元」補償券，後來因為過期或用不到，被媽大掃除丟掉了。

3

從以前到現在，我跟賴齊輝都熱衷於玩各種關於尋找的遊戲，譬如在學校裡找可以躲的死角，在爺的柳丁園盡頭找跟糖廠地的邊界（然後再找落到「我們這一邊」的無患子果實），或在柳丁園旁那條灰撲撲的抹布溪，找一個下午的寶石。

「哪有什麼寶石，不是會發亮就是，還得稀少你知道嗎，就是整個世界都找不太到的那種。」爸說。

後來賴齊輝說他在抹布溪裡撿到了鑽石，我興高采烈地把它借回家。那石頭透明且冰涼，好像會被我沸騰的手溫給融化一空。

我跟爸說，溪裡真的有鑽石。他嚇了一大跳。

那是我第一次，在他臉上觀察到比豐收的柳丁枝還彎曲的表情。

「幹，我們的溪只有人家半夜偷倒的垃圾，跟工廠不要的水泥，怎麼可能會有鑽石。鑽石是非洲的你知不知道。」

他看著我歪著的頭，又說：「在地球的另一邊……而且這是鑽戒啊。是結婚戴在手裡的，要拔都拔不出來，怎麼會在溪裡。」

那媽的手上怎麼沒有鑽戒？我本想問爸，但他一邊低聲說著「出事了，出事了」，一邊騎著那臺生鏽的腳踏車，歪歪斜斜地跑去村裡唯一的警察局。

我從不曾見過爸那樣驚慌，就連媽有幾次哭著跑出門說「鬼才會回來這種地方」，他也只是踩著踏板緩緩出門，像去哪裡巡邏那樣，緩緩地把媽給找回來。

那時我還不知道這是一件多厲害的事。

因為這村子雖然有很多地方可以讓人躲，但整體小的連雜貨店也只有兩間。巷子尾那家打麻將從不缺牌咖，大路邊的那家有賣玩具跟拜祖先的大銀；如果連逛兩家續攤，幸運的時候，我就能一家團圓。

後來，警察沿河搜索，在上游發現了一個老婦人像件陽臺吹走的衣服那樣，掛在漂流木上。已經認不出臉。幾天後，警方循線找到了她的子女。據說，老婦人去年老伴過世，子女又到外地工作，兩年多沒有回家了；她一個人沒事就會去溪邊，拿她自己的甚至她老伴的衣服出來洗，洗乾淨了又放回水裡洗，洗到後來，就坐在水邊洗自己的腳。一直到天都變得黑漆漆了才回家。
有人說是年紀大了，頭腦不靈光，以為水很淺就踩了進去。也有人說是抓交替——老婦人在河對岸看到了她老伴，所以才筆直往湍急處走去。
「春夏之際，容易有午後雷陣雨，那山洪爆發是很可怕的，看到暴漲時就已經來不及了。」班導師在課堂上說：「當水忽然變混濁就是徵兆。」
要是人也是這樣就好了。譬如我媽要操起竹條抽我前，眼睛也會突然變混濁。
賴齊輝指著抹布溪沒有魚的水面說：「那是魚死了，不新鮮了，眼睛才會變那樣。」
讓我想起電視櫃上，爸從果園撿來的那隻蟬。
不是陽光下透著金黃光芒的蟬蛻，而是像媽醃的陳年梅子那樣，黑漆漆的蟬屍。聽說是壽終正寢掉在土上，爸只是撿回來，過程中並無捕獵與逃亡。
那蟬眼黑而深，像我大伯跟地下電臺買的奇怪藥丸（聽說會讓人變得偉大，被人崇拜）。爸用媽的縫衣針固定它，比起做標本，更像是將生命釘死在某個平面上。因為它翅膀不像圖鑑上的是全展開，露出透明紋理。
有好幾次過年大掃除，媽跟爸都為了蟬屍的去留而爭吵。對媽來說，蟬跟蟑螂那類的東西沒有區別，只是在樹上或在地上罷了。不過蟬蛻她倒是不討厭，因為能做中藥，治好感冒。她說：「蟬乃土木餘氣所化……故其主療，皆一切風熱之證。」（我猜應該是大伯曾經告訴媽的。）

至於爸也說不出非要留著蟬屍的原因，他只說：「那是浪漫妳懂個屁啊。」那害我以後聽到有人說浪漫，就會想到那被釘著翅膀的蟬屍。

但是這有什麼浪漫的？至少賴齊輝蒐集蟬蛻會擺成一排泡泡紙那樣，接著準確控制龍頭，讓腳踏車輪經過「蟬蛻之路」，像火車必然壓過鐵路一樣。殼在高速壓碎噴濺的瞬間，喀啦喀啦，學會了低空飛行。

後來賴齊輝破案有功，被老婆婆那住都市的子女送了一盒瑞士巧克力，他照片還上了報紙，揚名全市，人手一張。但他在標題裡不叫賴齊輝，叫作：「山村學童過人警覺，溪邊戲水意外成為破案關鍵」。

訓導主任受訪時說，這孩子雖然家境不好，常常需要我關心，但我知道他有一個善良的靈魂，將來必定會變成對社會有貢獻的人。

確實，賴齊輝並沒有選擇自己獨享那盒，在我們眼中，比鑽戒更誘人的瑞士巧克力，而是貢獻給了班上。從那刻開始，他成了英雄，也成了班長口中「我們的賴齊輝」。

啪啪啪啪啪——拍手聲像雨落在層層葉子上，延續不斷，落不下地。

我們的賴齊輝打開那盒滿是英文燙金字體的謝禮，拿出一塊山型巧克力，上面還有白色點綴，象徵雪。

班長說：「嗯——瑞士的果然濃郁。」

從外地來的國文老師說，吃得到那種歐洲的優雅韻味。她還告訴我們，去年她去瑞士度蜜月滑雪的事。

「瑞士」貌似在地母廟的地球高處。看不太到。

那應該是村子裡面的人，去過最遠的地方。我們都說，結婚真是厲害。

從那之後，外地來的國文老師就慢慢變成了「我們的國文老師」。

關於大家都沒看過的雪，我們的國文老師說，據說愛斯基摩人有十多種描述雪的詞彙，因為他們的世界充滿了雪，像雪霜、雪花、飄降的雪、細細的雪……，但事實上，愛斯基摩語本來就是會不斷變動，組合詞語，產生新詞，因此種類與變化上，其實不限。

而我通常會說，瑞士巧克力雪白的像發霉兩個禮拜的柳丁；味道則比土或農藥沒洗乾淨的果皮還苦。

我把包裝紙揉成一顆銀石子，丟向賴齊輝。他像許願池的龍嘴銅像，一動也不動。

我許願：希望他偶爾吐點苦水或地下水。像龍嘴一樣。

可惜銀石子沒丟到。

那陣子他總坐在窗邊，把玻璃抹上指紋再抹乾淨；偶爾，應該是看著遠山。因為遠方也只有山。他嘀咕著：「如果人沒事的話……。」

也許她的子女，某天發達了，會回來找她？我想，賴齊輝真是善良，然後將銀石子改丟進垃圾桶。

直到下學期，我才知道賴齊輝交了馬子。

「那是鑽戒啊，這樣的東西，可能不會再看到第二遍。」賴齊輝也開始跟爸說著差不多的話：「我們這裡又不是非洲，找了一輩子石頭，也找不到鑽石。」

我看見賴齊輝的眼睛黯淡的像混濁的溪水。

4

自從賴齊輝交了人生的第一個馬子，他就不再跟我去找寶石，也不會再去地球裡丟甩炮。他跟我大伯一樣成了躲貓貓高手，找到很多不會被人輕易找到的地方，還學會了像大人一樣，可以在一個地方長時間待著。

他總是跟那個隔壁班的馬尾女孩在一起。聽說，成績中上游，家裡開衣服店。

「要不要再去看看地球的頂端究竟長什麼樣子？」我跟賴齊輝說：「前陣子，有人從臺北搬了回來，好像炒什麼皮的發了大財，光榮回鄉，在地母廟加蓋了五路財神。現在外頭都是鷹架，爬上去就能看到地球的最高點了。」

這事應該夠轟轟烈烈了吧。我盤算著，人家都說戀愛會使人更勇敢，甚至對抗全世界。

從前，他都敢跟我去偷摘村裡第一高的四百年芒果樹（三層樓高，樹幹比三個人粗）；甚至總說，掉下來，大不了埋到後山，跟你祖宗十八代在一起。

但賴齊輝現在變得怕其他東西。他會說，看地球幹嘛，無聊死了。

我不知道該怎麼回應，因為無聊比死還要更看不見，一個看不見的東西，怎麼回應？

那時賴齊輝整天不是繞著馬子轉，就是載她從天堂路溜下去，像隻俯衝的鷹，隨時準備要飛過重重的山嶺。但在那之前，他指了指山邊，那露出摩天輪半圓的美麗世界遊樂園給我看。

「美麗世界有比天堂路好玩嗎？」我說。

「裡面有個叫魚躍龍門的設施，開得比85路公車的山路還猛，聽說還會垂直掉下來甚至轉圈圈，腳會跑到上面去……。」

我不知道腳跑到上面哪裡好玩，但真正令我驚訝的是，那陣子賴齊輝竟然連載他馬子都能腳不落地，騎過好漢坡，彷彿他能把平地也當作天堂路騎。

他說，像火場裡的媽媽為了保護小孩，連冰箱都有力氣搬起來那樣。

我站在好漢坡的起點，但沒想到要保護什麼，反而想起那個外地人口中，我大伯滑稽地滑下來撞上車的樣子。

我大伯是我小學退而不休的老師（村裡有一半孩子都是他學生，或是學生的學生）。去年有間土角厝半夜意外倒塌，被地主買來蓋新家，蓋到路燈不小心連夜跑到我們三合院旁邊壞了風水，大伯他還跑去警察局，用禮義廉恥那套把路燈又請了回去。

我想，能用嘴巴就讓路燈離開的我大伯，怎麼會控制不住區區的腳踏車手把而去撞車子？還剛好是一個外地年輕人。

當我從天堂路要下山時，遇見了賴齊輝和那女孩。他指著比路的盡頭更深的地方說：「我們想去村子外上學。」然後喀啦喀啦溜了下去。

那是我第一次聽他說「我們」這個詞。而我不在那裡面。

我看著天堂路的盡頭，只有路跟山，沒有學校。

這也是關於尋找的遊戲嗎？以前，我跟他尋找學校的死角，現在長大了一點，改尋找整個學校。

我把賴齊輝當作領飛的候鳥跟著他騎，然後迎頭撞上了一群蚊子家族。但以我的速度不會讓他們變成意外自殺，只是跟我吻別——沒有愛應該也沒有恨的那種。

不知道賴齊輝親過吻了嗎？

他們在我前方，用兩個人的重量，抵達了按煞車也沒用的速度。

我開始追不上他們的車，連被夕陽拉得比鞦韆還長的影子也勾不到。

那是我跟他最後一次一起去天堂路。

下個星期他就去了真正的天堂。意外地點，是沒有路名的產業道路下坡。也許是他們對天堂路已經去膩了。

那條產業道路上布滿新蓋的鐵皮工廠。不知道他們是否為了閃躲什麼，而把車身摔斷成兩截，輪胎滾落山裡失蹤。村裡的人說，唯一不幸中的微小幸運是，賴齊輝只有後腦勺跑進了一根工業用螺絲，傷口拇指大，不太需要葬儀社的人幫忙補。不然真正是不孝了。

但僅僅是一根工業螺絲，就帶走了賴齊輝，那讓人感覺他只是被墓仔埔隨處可見的鬼針草沾到。

我記得從前有次放假，我們去雜貨店抽地雷——那是種扁的塑膠膜玩具，踩下去會自己膨脹，爆掉，留下口吐白沫般的泡泡。我都喜歡放在家門口腳踏墊下。讓人進退兩難。

那天我抽到了一個，賴齊輝抽到五個。他全拿去換了一把六發火藥的塑膠左輪鳴槍。後來他總喜歡把左輪抵著太陽穴，學小說裡喊「命運在我手裡」。

他還說，人不能選擇投不投對胎，但可以決定要不要投胎。我不確定，這句是不是也是小說臺詞。

「搞不好投胎變成蟬而不是人怎麼辦。」我說。

「那你要把標本釘好看一點。」

後來，我們朝著蒐集來的蟬蛻擊發鳴槍，那槍口火花竟瞬間把蟬殼燒的焦黑，他才不再拿槍抵著頭顱。

「修理紗窗，沙門……。」發財車廣播又在巷子裡響起。

後來有一段時間，我也反覆在腦海放送著：「不是螺絲，是鳴槍……。」

害死賴齊輝的怎麼可能是區區工業螺絲？一定是那威力強大的鳴槍，裡頭，混了一發真的子彈。因為鳴槍是工廠的人造的。爸說，有群工廠的人會無中生有的魔術，把只能種果樹的土地，種出一棟一棟鐵皮的工廠。

那場事故之後，賴齊輝的馬子被送進了市區的榮民醫院，再次出來時坐在了輪椅上，並且一輩子都將如此。雖然在村裡，一輩子不是什麼罕見的單位，像種果樹、顧店舖通常都用一輩子來計算。

但我記得她想要去外頭念三年書，或者六年。

有人說，賴齊輝車子的輪胎被撞飛山下失蹤，而他馬子卻必須一輩子坐輪椅上，推輪子來前進，是天公伯命中注定的「劫」。

這說法根本太滑稽了。

但許多人還是接受了，因為他們更不接受賴齊輝平白無故離開。

靈堂上，黑白的賴齊輝舊照，笑的大概只有六十分開心。不過如果他沒有交馬子，那就會是他的一百分了。

當他馬子被媽媽推進來弔唁的瞬間，賴齊輝的媽媽撲了上去，像某種殭屍。

我沒看過這樣一種媽媽，也很久沒看過賴齊輝的媽媽了。

自從賴齊輝的爸爸玩十八骰仔把田都輸給中盤商後，他先是把賴齊輝吊起來打，打完後再把自己也吊起來；吊到全身跟鐵鏟一樣硬了，再也不怕人打。那之後賴齊輝的媽媽從早到晚都在別人家幫傭，並顧一個還在搖籃裡的孩子。等那孩子睡了才能回家。

但聽說那家人有臺七十二吋全村最大的電視時，我們還很羨慕他媽媽。

而爸跟村裡的人則說，至少田是一次輸掉的。留著只會長利息。

5

賴齊輝走了之後，我假日開始跟爸開農用搬運車去果園裡潑水。因為今年欠雨。

我們載著的橘色塑膠大水桶，比我高，比爸跟媽高，甚至比我那還沒老倒縮以前的爺高。

但它不裝我們一家，裝地下水，又倒進果園無數裂開的土壤縫隙。好像補壁癌。但若腳下是面牆，那簡直大得無法翻越。

裝了第三趟時，爸閒閒無事說了一個古人的故事：以前有個天才兒童玩捉迷藏，結果當人的孩子跑進一個大水缸要被淹死，然後他靈機一動，拿大石頭砸破水缸，把人救活了。

爸抓起一顆小碎石丟向橘色塑膠大水桶，咚——

「要是齁他在我們這裡，我看他敲不敲得破，哈哈哈哈。」

七、八趟橘色大水桶下來，大概可以裝滿那顆地球，也裝滿我一個下午。

日落時爸握著方向盤說：「你知道什麼是『杯水車薪』嗎？」

這詞應該也是大伯告訴爸的。我大伯雖然人不見了，但身影一直隱約出現在許多人話裡。

「我們這臺車不新啊。」我還剝了一塊漆下來。

他拍了拍我的頭說：「果樹沒有長腳，一旦某年不下雨，只能原地枯等到死。」接著又忽然提到全村最高的四百年祖傳芒果樹：「你大伯說，荷蘭人帶來芒果是從臺南傳入，傳到我們這邊，最多可能只有兩百多年。」

四百年跟兩百年在我眼裡其實都一樣模糊，是一團遠山的霧。

但爸要我對村裡的人一輩子保密。

他其實不是說一輩子，而是像大伯那樣「帶進棺材裡」。這在村子裡是很重的誓，可以拿來指永遠或是天長地久，但那也是最近早餐店奶茶杯上的笑話：棺材加工廠老闆搬家前的最後一句話會說？

這裡客源不足。

也許爸只是想跟我說笑。

最後他指了一個，可能是賴齊輝指過的遠方跟看不見的學校。而隔天我只是走回那所站在門口就能把操場、籃球場、L型教室都看穿的國小，練習衝刺。當人越跑越快，腦子好像就會因為疲累越跑越慢——我大伯、河裡老婦人、賴齊輝，最終都會在我腦海裡，慢到動不了。像看不到的積雪。像發霉兩個多月的柳丁。

「有天地球如果越轉越快，人的大腦可能也會越轉越慢。」我們的國文老師曾說，在外地她見過的操場，都是橢圓而不是筆直的。有的裡面還有足球場可以比賽。

班長說：「幸好我們操場不是長那個樣子，不然就要一直跑都跑不到盡頭。」

那時我跟大家都笑了。除了賴齊輝。

那幾天放學，我都在我們那跑一跑會斷掉的操場，加速再加速，像那裡逐漸傾斜成下坡，或是地下水抽了太多。跑到盡頭後，我站在鏽而不斷的鞦韆上頭，嘎嘎嘎盪起，想到爺邊握拳模仿地球，邊說他去年走了的那個同學，小的時候，鞦韆越盪越高，視野高過芒果樹，高過教室，高過山頂，最終自轉繞過了一圈回到他面前……。

怎麼可能。

我想起我問過賴齊輝，天堂跟地球都有了，那這村子裡怎麼沒有地獄？

他指著那顆地球說：「你想，那地母廟是我們的第一高樓，那地球又是地母廟最高的地方。人死了，不就輕飄飄的，飄到最高的東西裡面去躲起來？」

「你放屁，那我們平常不就躲在裡面？」

「笨蛋，鬼才不會在白天出來給你看。」

出殯時，裝著賴齊輝的木箱子被運送出巷子。

賴齊輝跟上了我大伯的腳步，而我只能跟上他的箱子。

那天傍晚我騎著爸那臺生鏽的車出門，穿過了果子被摘光的惡魔樹，穿過了鎖鍊過長但昏睡了的惡犬，到好漢坡前，我聽見拙劣模仿狼嚎的狗螺聲響起。嗷——月光下，有群影子在腸子般的某處山路晃動。

這條路幾乎沒有岔路，我不能期待牠們擅自迷路。況且，流浪狗通常比我們更熟山路。

在騎到好漢坡半腰時，我看見了那群不再是影子的流浪狗；畢竟，影子是純色的，那些狗都不是。

我知道越是奮力逃走，越會越激起他們的追逐慾望，但我無法像賴齊輝那樣，猛然煞車，在瞬間從叫囂變驚慌的狗群前說「我是流浪狗之王」。

在比山路還漆黑的恐懼中，那顆地球好像在我腦中轉動，彷彿在月光下，它未知的頂部正像神像畫般發光。為了看到那個未知的祕密，為了把真相告訴賴齊輝，我開始像孫悟空想去西方一樣，連九九八十一難、各路妖魔鬼怪都不怕。

喘氣。風聲。齒輪磨損聲。雙腳使勁推動鐵球般的輪胎。

流浪狗們最終還是追上了我，卻藏著獠牙，散步穿過，彷彿經過的是永遠死去的一隻蟬，或是牠的空殼。

很多年後，我才明白，或許是那時我為了雙腳不落在這片地上，導致雖然傾盡全力，但彎彎曲曲爬坡的我，在他們眼中，不是逃跑的獵物，是一個緩慢升起如月亮的靜物。

那晚我終於沒有讓腳落在地上，越過了好漢坡。

對了，賴齊輝，你知道嗎，地母廟的停車場擴建了。樹被砍倒，泥濘鋪上了黑色點仔膠，像某處寬闊的海（聽說，也有黑色的），上頭還張開了一面白色格子的大網。大家都說，會有更多外地人從臺中或從臺北那種大都市開車進來拜拜，每週放一條宛如過年的鞭炮。

我穿過了工地封鎖線，來到頂樓剛落成的五路財神殿，沒有神像，像一個無人住的新家，或者，搬了很久的舊家。大理石磚霧濛濛的，被火山灰似的建築石灰覆蓋。上頭散布著保力達空瓶子、幾杯電影假血似的檳榔汁。

我像路過的演員或導演，或是自導自演。

我試著演出第一次出海的探險家，爬上船桅般的鷹架，拿出花光所有家產的五百塊買的，紅外線八倍光學望遠鏡，看那顆藍色大海與綠色陸地所組成的地球頂部；一分鐘後，我緩緩降落，無風著陸，越過了張牙舞爪的乾枯九龍池，抵達地球內部。我拿出媽放在神明廳燒金紙的打火機當手電筒，沿著螺旋狀的樓梯，見到天、地、水，三官大帝。

地官供品盤上遺留一包菸。

我一邊抽出一根長壽，一邊想起賴齊輝曾裝模作樣地說，「第一次」齁，要慢慢吸，才不會嗆著。

那根長壽在這地球內部濃密的黑暗裡，像一根找不到蛋糕插的生日蠟燭。我努力回想賴齊輝的手勢，爸的嘴角，爺的吐氣。學他們把菸抽得像造出一朵雲。

但我還是猛然地咳著——無數回咳聲往返，迂迴，像有誰躲在黑夜的死角。那就是賴齊輝說的地獄的鬼魂嗎？

但不都是我的聲音嗎？

忽然我想明白，縱使此處是地獄也沒有賴齊輝。因為他生前找到了鑽戒，破了案，成為了我們的英雄。

我捻熄菸，像捻死一隻夜裡發光的螢火蟲。

（這麼一來我也算是隱形了。）

賴齊輝你記得你說過嗎，一隻不會發光的螢火蟲就跟蟑螂一樣。

在黑暗裡，好像有無數觸角扭動在天、水、地官的神像背後，那些完全無光的角落。雖然大蟑螂是角落的常客，我仍相當厭惡。不是像媽討厭蟑螂怎麼都趕不走，也不是像爸討厭「幹，每一隻都嘛長得一樣噁心」。

我討厭牠會吞食死掉的每一隻牠，好像東西死掉之後反而營養。

但國文老師說，蟬蛻千年來被當作中藥，如今蟑螂也可科技煉成西藥，是高經濟生物，有藥廠甚至設立蟑螂樂園大肆繁殖。

我們的國文老師雖然教國文，但她知道的東西都會教我們。

她說她小時候最愛看家裡的世界地圖，還發現了螞蟻大的小島有寫錯字。爸媽都說她是下一個哥倫布或馬可波羅。她還騎了二十分鐘的車，去郵局寄信給出版社。最後寄來了一張九九．九％一樣的修正版地圖。

「其實我那時只是想得到一句『你好棒』，或『很抱歉』。」

長大後，她才發現那地圖的錯字，只是她爸那一代年輕時的稱法。寄來的修正版地圖，是她爸買了那一年普通的地圖包好後，佯裝成出版社，自己投進了家裡信箱。

回到眼前，我從地球內部所開的唯一一扇圓窗中，看見手電筒的光束切開黑暗與月光。

那就像是一場大型捉迷藏，所有大人都在當鬼。

他們會發現我就躲在那只有藍、綠色的地球裡嗎？我想起爸的天才兒童破缸故事。如果他躲在這顆地球裡，應該更敲不破吧？要用比甩炮更巨大不知道多少倍的火藥，像把山炸出一個隧道，或一條公路那樣——可是這顆地球本來就有兩個沒有門的入口，甚至裡面還有一個上升的樓梯，以及人臉大的透氣圓窗；根本不需要打破吧？

只需要有誰耐心找到。

對了，賴齊輝，我來這裡其實是為了告訴你一個祕密：這個地球之上的最高點，不是水的藍色灰色泥褐色、陸的綠色土色柏油黑，或是北極的純白色。

它頂部是一片什麼都沒有畫的水泥灰。

像是一個年紀慢慢變大，頭頂終於撐不住時間磨損，而禿了一塊的老年人那樣。

郝譽翔

精彩生動的成長寓言

這是悲傷的成長小說，也是魔幻寫實的鄉村地誌，生動刻畫一個彷彿與世隔絕、充滿了迷宮小徑的村落，就像是台灣版的百年孤寂般耐人尋味。「地球」既是外面世界的象徵，也是自由的隱喻，但小說中的人物卻都被困在迷宮小鎮之中，而找不到生命逃脫的出口，甚至被一連串突如其來的死亡所困，就如作者所言：「就像是一場大型的捉迷藏，所有大人都在當鬼」，而處處鬼影幢幢，地球的頂端更只有水泥灰，彷彿是老人的禿頭。

故事雖然憂傷沉重，但作者卻以孩子作爲敘事的視角，以童話般戲謔、天眞、輕盈的口吻，成功地調和了全篇過於陰鬱的氛圍，並且搭配豐富飽滿的意象，而打造出一則精彩生動的成長寓言。

佳作

鍾凱元

1995 年生，屏東人，喜歡小說、雪、聊天、旅行。

▪ ▪ ▪ ▪ ▪

得獎感言

許多想法在過程中無法被妥善捕捉下來。那些偶然窺見的風景，只能留待日後折返，慢慢探索。幸好在當下，我已盡我所能，沒有遺憾。

謝謝評審老師，謝謝曾鼓勵我的老師與朋友。謝謝始終支持我的弟弟。

房間

我在某個房間醒來。房裡唯一的小窗被遮蔽著。這裡即便是中午，也沒有一絲陽光穿入。床鋪上留有冰冷冷的汗水。躺在上頭，我赫然想起，父親是在夏天時消失的。是那種溫暖而多雨的夏天。

「在想什麼？」女人說。

她將衛生紙浸入積在肚臍裡的精液。一口開在肥厚脂肪上的深井，白濁的井水被衛生紙緩緩地吸上來。她把那東西拿在眼前，用嘴巴含了含。

「妳在幹嘛？」

「嚐嚐看你的味道。」

父親消失後，我認識了形形色色的女人。她們的身體像是雨水一樣滑過我的身體，不留下一點痕跡。唯獨相貌平凡的她，和我始終來往密切。

她並不是特別漂亮的女人。第一眼見到時，甚至因為那過於親切的態度，讓我萌生一股想要輕視她的慾望。和其他女人比起來，與其說她是肉感，不如說是臃腫。然而只要能多逗留在任何身體上一分鐘，讓自己停止思考，是誰的身體我並無所謂。

她從未談起自己的過去。在哪裡讀書，做什麼工作，有沒有男朋友，這類事情我們一概不談。唯一清楚的是，無時無刻她都有空，我們能見面。我像是寄生蟲一般，賴在她的房間裡。

那是我見過最古怪、最特別的房間。在我看過的無數房間裡，兀自閃爍著奇異的色彩。父親還在的時候，我時常陪他去送貨。我們究竟一起看過了多少人的房間？至今我已數不出來。在連鎖家具尚未氾濫的時代，父親開著貨車，我坐在副駕，一起送家具去各種人的家。有錢人的家，窮人的家，都有。只要觀察某人的家，那些物件的種類、擺放的方式、裡頭的氣息，就可以大致推測這個人過的是哪種生活。有個男人，廁所裡擺滿了衛生紙，兩座高牆一樣堆在馬桶兩側，那是因為他平日忙到沒時間採購日用品，是個忙碌的上班族。有個女人，房裡空蕩蕩的，床被、衣服和書本都擺在地上。那天父親替她組裝櫥櫃時，她站在一旁，以幾乎聽不見的音量自言自語地說：這樣也好。我別開視線，只用耳朵觀察著。我知道，那是她第一個擁有的家具。

回程路上，我和父親經常比對心中的看法，通常我們的觀點都相去不遠。如今我卻納悶，那些對於人們的觀察，究竟是出於我自身，還是父親在那狹窄的貨車前座所教會我的？

如果父親還在的話，我們必定會就她的房間大肆討論一番。

那是個狹窄的長方形房間，沒有陽台，只有一扇小窗。未乾的內衣褲掛在左右牆壁，使得整個空間相當潮濕，視覺上也顯得更加狹長。來自天花板中央的燈光，幾乎照不到房間的兩端，陰暗的角落堆滿了雜物，床和小桌就擺在中央昏暗的燈光下，桌上散落著成疊的小卡片與一支筆，像是正寫信給什麼人似的。仔細一瞧，角落堆放著的，是數量龐大的空寶特瓶。那些瓶子從未消失過。

房間的末端，有一台大得不成比例的冰箱，宛如一面牆豎立在房間深處，佔去了大半空間。我經常納悶，一個人需要這麼一台冰箱做什麼呢？

「你真的想知道嗎？」當我向她問起時，她這麼反問我。

我點了點頭。

她意味深長地看了我一眼，遞上手機。

螢幕上的賣場，名字是「天使の部屋」。裡面只有一種商品：天使的綠茶。這些綠茶有著不同濃度，由清淡至特濃，依濃度區分價錢。越是濃郁的，價錢越高。我往下滑閱一條條評論區的留言，不少人稱讚這些綠茶的味道。

「現在你知道了。」我感覺她正觀察著我的表情。

「真有趣……為什麼會有人想買這種東西？」

「誰知道呢？有些人就是喜歡吧。」她聳聳肩。

「喝這種東西，不太健康吧？」

「死不了啦。說不定還很好喝呢。」她說。「現在很多人做這個喔。」

我想像著隱身於城市四處的女子所排出的巨量尿液，在這座城市裡流通著，被無數面孔模糊的男人們喝下，被再度排放。

「那些人，都是些怎樣的人？」我問她。

腦海中一一浮現那些曾經見過的，住在不同屋子裡的人。儘管能猜測他們的生活，卻猜不出其中的哪些人是那些面孔模糊的喝尿者。

「我也不認識他們。」女人說完後，逕直朝浴室走去，我很自然地跟在後頭。浴室裡，她蹲下身，不知從哪摸出一個內部泛黃的塑膠杯，將其放至陰部下方，張開雙腿，滴滴答答地尿起來。尿液灑落杯中所擊出的空洞聲響噠噠地迴盪在窄小浴室，彷彿被放大了數倍，敲打著我心裡的某處。尿像雨一般下著。雨停後，她站起身靠向我，我們抱在一起。

那一刻，兩種截然不同的感受在我的心中同時湧現並扭打著——那不由分說的噁心，以及不知從何而來的安心感。彷彿連那些心中不可告人的祕密，也能對眼前的女人訴說。

女人將尿液倒入空瓶，瓶前貼一張標籤，以端正的字體寫上「清淡」後，送入冰箱。塞滿了尿液的冰箱，打開時突然亮了起來，在陰暗的房間裡閃出金色的光芒。我被那奪目的色彩耀得發花。尿液如同融化的黃金，整齊地擺在冰箱裡面，一瞬間竟給我一種純淨的錯覺。我蹲在冰箱前，著迷地望著它們。

「其實，我也算是認識其中的一個。」她說。

「喔？怎麼認識的？」

「他啊，買好幾次了，什麼濃度都買過。」她神秘地笑了笑，「他知道我的味道。」

＊＊＊

我們不曾在房間以外的地方見面。到了早上，我便獨自離開。

父親消失後，我在貨車副駕的抽屜深處找到那幾本複寫簿，裡頭記載了過往的訂貨資訊。當時我並未多想，繼續把它們留在車裡。直到某天送貨，等待的時間裡，我把其中一本拿出來隨意翻看，發現紙頁背面竟寫滿了字。

父親似乎把那當成某種日記本。二十年的生活全爬在紙頁的背面。看了幾篇後，我無法相信那些字是父親所寫的。那些內容，似乎離我所理解的我們的生活非常遙遠。要不是那上頭與父親如出一轍筆跡，我會認為這些日記是另一個人所寫。

除此之外，我還發現，父親似乎經常去找某個女人。他並未記下太多細節，只是單純地寫下與她見面的日期與時間，彷彿如此程度的紀錄便已足夠。我對照了送貨紀錄，發現每當有與女人見面的句子出現，當天父親必定會去某個固定的地點送貨。那地址離我們家並不遠，開車十分鐘就可到達。開車時，我不時會經過那一帶。

出於某種直覺，我並不打算去那裡一探究竟，也沒有將找到複寫簿的事告訴母親。發現它們當天，我把大部分的日記都燒了，只留下一本隨身帶著。

那之後過了半年，我們依舊怎樣也聯繫不上他。然後又半年過去，就像他從未存在。親戚們說，既然生意不好做，乾脆連家具行也一起收掉吧。當時的我，默默地觀察著母親的反應。母親聳聳肩膀，只說，這事由我決定就好。

那是父親失蹤後的一年，恰好是夏季最炎熱的時候，每天艷陽高照。有天，下起了驚人的午後雷陣雨。排不掉的雨水從街道淹入店面時，母親彷彿看見某種幻影般，愣在原地。等我收拾好一切後，不少家具已經泡水，不能再賣。這時，天空又放晴了。令人無法相信那些雨水是真的。

那陣子，我時常被相同的惡夢驚醒——整間屋子，連同我與母親，全都浸在水裡。醒來後發覺，斷斷續續的微小聲音從一樓傳來，像是人們在水底交談。我盡量壓低聲音，像個小偷一般，沿著樓梯走下一樓，看見母親正坐在那張泡過水的木製沙發上，安靜地看著電視。

那些聲音來自於電視裡的綜藝節目。笑聲從電視裡傳來，在一樓店面寬闊無邊的黑暗裡慢慢消散。母親並沒有發現我。

我默默回到自己的房間。

這樣的夜晚持續了好一段時間。

不知為何，父親消失後，我與母親便逐漸不與彼此說話了。然而並非吵架，只是說得極少。我不知道我們能說些什麼。雖然不明白原因，我覺得那似乎是一種必然的結果。一天早上我對母親說，我想把店接下來看看。彷彿早已預期到這句話似的，母親對我點了點頭。

當我久違地坐上貨車時，車子馬上就發動了。儘管整整一年沒使用，卻沒有一絲延遲，像是始終等著我回來。

「你跑去哪了？」

開在快速道路上，我等待著那聲音的回答。

＊＊＊

那位太太出現時，直覺告訴我，她就是父親日記裡的那個女人。她是個約莫四十五歲左右的女人，以那年紀而言算是漂亮，眼神總是探尋著什麼。她說，有一張很久之前的訂單遲遲沒有送到。由於複寫簿多半已被我燒了，無法對照過往的紀錄，我便直接賠給了她。

從那之後，每隔一段時間，她總會跟我們店裡訂家具：衣櫥，鏡台，五斗櫃，各式各樣的東西都訂過。第一次到她家時，我對於先前的預感更加確定了。父親從未帶我去過那裡送貨。

我把沙發搬上貨車，在約定的時間抵達太太家，經過懸吊著水晶燈的大廳，對管理員點了點頭，上了電梯，按了門鈴。

門打開，太太站在裡面。

我從未見過太太的丈夫。每次來到這裡，他總是不在；而陪伴她的，是那個大的不像話的家。與其說是寬敞，不如說過於遼闊。客廳像個小型的倉庫，雖然裝潢典雅，卻給人一種自己將在裡頭慢慢消失的感覺。或許是因為這樣，太太才每隔一段時間就訂製實際上不需要的家具，將它們囤積在各個角落。

我站在客廳裡環顧四周。原先寬闊的空間幾乎已被我們家所賣的家具給填滿。一開始，只是角落的部分。到後來，那些不需要的家具漸漸擠向中央。客廳實際可走動的空間，縮成一個正常房間的大小。

我把沙發放到指定的位置後，太太已褪下全身的衣物，佇立在客廳中央。

是從什麼時候開始的？也許是第三、或是第四次見面，就在我意識到她也有什麼話想對我說後不久。我們總是在那個擁擠的客廳做愛。一開始，並不是誰勾引了誰。那甚至不算是性愛，更像是一種開關。只有在一切結束之後，她才會開始說話；在那之前，她只會用簡短的字句和我溝通。直到我們都喘著氣，躺在嶄新的沙發上，四周圍繞著家具，她才會像水龍頭被扭開那樣，滔滔不絕地說話。

「上次我問他說電影好不好看，你知道他怎麼回嗎？」

「他怎麼回？」

「他說，我幹嘛沒事問他這種事情。」她抬頭看著我。

「我說，我們才剛一起看完電影呀。問這種問題很正常吧！」

跟我預期的不同，彷彿獨白一般，太太總是說著與丈夫有關的各種事。聽著她的聲音，我的腦中總會浮現出這個客廳被填滿的樣子，擁擠得連讓一隻貓通過的縫隙都沒有。不知為何，那畫面異常地清晰。

終於將那些話排出她的身體後，她會突然地靜默下來，仔細地盯著我，像在檢視一個昆蟲標本。「我也不知道是怎麼回事……有時候覺得，那是一種慢慢的過程……有時候又覺得，像是一瞬間的事。」她輕輕一笑，搖了搖頭。

雖然我不太明白她那些話究竟指的是什麼，卻逐漸理解了父親為何會喜歡她。

「我爸爸他……是個怎樣的人？」有一次我鼓起勇氣對她說。

她驚訝地看著我。然後那眼神漸漸地飄離。她在兩個身體之間挪出了一絲縫隙，冰涼的空氣從那裡滲進來。

「為什麼會這樣問？」

我聳聳肩，盡量擺出鎮定的姿態。「我想你們認識。」

她打量著我。

「你們很像。從以前就是這樣。說話的樣子，看別人的方式。」

「我們見過嗎？」我大感驚訝。

「你大概不記得了。那時候你才這麼小一個，幫他把沙發搬進來。」說話時，她盯著我的眼睛。不知道為什麼，知道這件事讓我困惑不已。

我告訴她父親失蹤的事，問她知不知道他的去向。從她的反應來看（雖然我不確定那是不是演出來的），她似乎和我同樣意外。她說，她完全不知道這件事。聽到這個答案時，我的胸口彷彿被人重重地擊了一拳。我分不清自己究竟是懷疑她，或只是單純地失望。

「對不起。」一段時間後，她同情地撫摸我的臉。「你一定很想弄清楚，這一切是怎麼回事。但你可能誤會了，我們只是很好的朋友。」她想了想後，又補了一句：「一直以來都是。」

窗外烏雲密佈，看起來就要下雨了。我想，我必須回家一趟。在我坐起身子拾起散落地面的衣服時，突然意識到這一切的荒謬。在十分鐘的車程外，父親過著一種我難以理解的祕密生活。無論我試著走進去，或者拒絕它，結果並沒有不同。

我再問了一次父親的去向。但那聽起來不像是問題，更接近乞求。

幾秒鐘裡她沒有回答，彷彿在短暫的沉默中回顧了與父親消磨的所有時光。

「你知道嗎？」她說，「我也想弄明白，我們的心究竟生了什麼樣的病。」

＊＊＊

用各種姿勢交纏後，我半夢半醒地躺在床上，天使回覆著客人的訊息。這樣的下午像是聽慣的歌，重複的旋律一再播放，卻也沒人覺得膩。像這樣待在她的房間，似乎成了一件極自然的事情。

不知不覺，我睡著了。

醒來時她還在。她坐在小桌旁，手中捧著我隨身帶著的那本複寫簿，一字一句地把父親的日記讀出來。淚光在她的眼眶打轉。

「怎麼了？」我起身摟著她。

「不知道……只是覺得，寫這些日記的人，是一個很溫暖的人。」

「寫這日記的人逃跑了。拋棄了他的兒子和家庭。」

「那他一定是覺得，這樣子是最好的。」她說。

「我看過那麼多人的告白，這是我第一次看見這麼悲傷的文字。那些生活的不得已，感情的隔閡……但他好像已經把那些都留在另外一邊了，努力放在這些紙上。我可以感覺到，他是一個溫暖的人。只有那種人才會這麼做。」

複寫簿在她手中攤開一頁。父親的字跡十分潦草，跟我很像。唯一的不同是，我從不寫日記。我覺得那是一件十分危險的事。

「你問過我，什麼樣的人會買我的東西。」她握住我的手。「你不會有那種，想要和別人融為一體的時候嗎？」

「想要抱緊別人的時候，想要和別人的身體纏在一起，舔他的全身，知道他的味道，聽見他心裡的每一個想法。這種感覺，你有過嗎？」

我搖搖頭。如果能瞭解父親的話，我會不想嗎？但是，那些留下來的複寫簿，那上面的一切，就是真正的他嗎？

「其他的賣家都不會回覆客人。但是我發現，那些來買我東西的人，都有很多話想對誰說……只要稍微一問，就可以說個不停。他們後悔的事情，他們的愛，他們的渴望。我都會很認真聽他們說。我覺得，這讓他們原本的生活得以繼續。」

＊＊＊

那則訊息是天使認識的那位客人傳來的。向她買了東西後，他問她，能否找一天見面。

要做什麼？她有些反感地問。男人沒有解釋，只是再三保證，不會做什麼踰矩的事情。見面的地點安排在高級飯店的房間，假如她接受的話，他會額外付錢。她果斷地說，她不做那方面的服務。但他強調，他絕無那個意思。談了一陣子後，她越來越生氣，隱隱地感到害怕，卻不想就此失去他——他話語裡的迫切讓她有將要離去的感覺。最後他近乎懇求地說，擔心的話，帶個朋友來陪妳也無妨。

深夜的飯店長廊空蕩蕩的，一點聲音也沒。綿長的走廊鋪上了絨布地毯，使我連自己的腳步聲也聽不見。打開房門時，儘管燈光亮著，我卻覺得裡頭一個人也沒有。然而確實有人。一個身穿黑色西裝、打著紅色領帶的中年男子靜靜地坐在床沿。看到他時，我的心緊緊地被揪住。

他有著一頭灰色的頭髮，戴方形粗框眼鏡，臉型方正，下巴略為厚實——一切簡直像極了父親。然而那不可能是父親。除了結婚照外，我從未見他穿過西裝。且仔細查看的話，面容與身形還是有那麼點不同。

他見我們進門，優雅地站起身，和我們分別握了手，寒暄了幾句。關於那些開場白，至今我已不太有印象，只記得他接下來的動作，與那簡短的一句話——既像是命令，又像是懇求。

男人仍穿著西裝，就這麼緩緩躺下，安靜地躺在絨布地毯上。

「那麼，請妳尿在我身上。」

那句話並沒有帶來一絲現實感。就像是不知從哪吹來的一陣風，剎那間便了無痕跡地消失在空氣裡頭。只有男人近乎虔誠的眼神證實了一切。

她慌張地看了我一眼，眼神像在求救。我想開口回應，卻沒有聲音。我所有的一切，都在那張熟悉的臉出現後被奪走了。

「尿……尿在哪裡呢？」一段時間後她問。

男人沉默不語，只是不具任何威脅性地躺著。

隨著時間過去，原先在她臉上的懷疑與不安逐漸褪去，取而代之的是一種類似堅決的東西。她開始脫衣服。脫得很慢，連內衣也脫了，明明沒人要求她這麼做。她以一種莊嚴的態度完成這一切。不知道為什麼，在躺著的男人面前，此刻的她顯得相當有自信，甚至可以稱作美。褪去了所有衣物的她，身上多餘的脂肪與皺摺處處可見，卻不會令人感覺那是種缺陷。她雙腿打開，站在男人上方，旁若無人似地單手插著腰，以兼具鄙夷與同情的目光看向底下的男人。在一旁觀看的我覺得，此刻的她，宛如真正的天使。

雪白的雕像優雅地蹲下，像是平常在浴室那樣，讓尿流洩在男人無表情的臉上。男人沒有閉起眼睛，直到尿液滲入眼睛，才眨了好幾次眼。眼裡進了尿之後，他的表情逐漸融化，像是寒冬裡洗熱水澡那樣，舒爽地沐浴在蓮蓬頭下。他露出笑容，張開了嘴。尿液在他口中積了一小池，令我想起公廁裡故障的便池，持續發出滴嘟滴嘟的微小聲響。我別開視線，只用耳朵觀察著。男人把尿吞進嘴裡。

那一刻，先前我感受到的美消失了。取而代之的是胃被尖針挑起一般的痛楚與空洞。隱約聽見男人嘟噥著什麼，似乎是在說：「好溫暖。」

尿停後，她站起身穿回衣服，男人則從冰箱裡拿出準備好的酒。我們喝著酒，看著電視，宛如團聚而沉默的一家人，直到天使再度開口。

想尿尿了，她說。

* * *

我開著貨車前往太太的家。說起來，已經有一段時間沒收到她的訂單。

那是過去的某一天。我們照著客人給的地址開，在小巷裡左彎右拐，到了一個什麼也沒有的地方。眼前只有圍牆。夕陽照在斑駁的牆上。

「是死胡同。」你說。

那是那天的最後一單。在此之前，你揮汗如雨，替一個又一個客人組裝。汗水的味道在前座飄散著。

那個客人很奇怪，怎樣都沒接電話。後來我們就回家了。不知道為什麼，那天回程的路上，你好像很難過的樣子，什麼話也沒跟我說。

當我想著這件事，右腳不自覺地鬆了油門。車子慢了下來，左側不斷有車越過。我忽然想起，你也是開車開得很慢的人，尤其是我與母親都在車上的時候。有的時候，我們會擠在副駕，一起去送貨。在車上的時光，我們總是重複播放那些母親錄的CD。真實的母親的歌聲，與CD裡正在唱歌的母親交織著。一起送貨時，彼此的心情在音樂裡似乎是暢通的。

我把CD推進播放器。母親正在唱鄧麗君的歌，是那首《我只在乎你》。母親唱著我熟悉的歌詞：「人生幾何能夠得到知己，失去生命的力量也不可惜。」不知為何，CD裡母親的聲音，如今聽來像是另一個人的聲音，連那些歌詞都彷彿有著另一層意思。那一刻我發覺，越是繼續碰觸與父親有關的任何事，就越使我與熟悉的世界離得越來越遠，將我推向一個我所不知道的地方。

太太開門時，看我的表情似乎略有不同。她露出過去我未曾在她臉上見過的，真正的笑容。當我將兒童椅搬進客廳時，注意到空間的改變。原先被家具填滿、縮成正常房間大小的客廳，再度變得寬敞，所有我們家賣過的家具通通都消失了。當我轉身要問太太那些家具為何不見時，她先一步開口。

「可以幫我把那個椅子放到飯廳嗎？」她的語氣充滿了距離。

我按著太太的意思，往未曾到過的區域移動。沿途我有種預感，這或許是我們最後一次見面了。到最後，我仍無法得知父親的下落。

放好椅子後，我卻覺得哪邊怪怪的。轉過身，眼前的畫面就像惡夢成真，讓我陷入無邊的恐懼。我一定是在進門時看漏了。

灰色的頭髮，方形粗框眼鏡，臉型方正，下巴略為厚實。酷似父親的一張臉。那張臉因為痛苦而微微扭曲。我發現，我對那樣的表情並不陌生。我在相同的臉上，看過相同的表情。只是當時的我並不理解。

曾出現在飯店房間的男人站在我面前。

我們就這麼站著，四目相視。男人原先似乎想說些什麼，卻在話到了喉頭時作罷。好幾個片刻，我想越過他直奔外頭。然而他就佇立在唯一的出口前。我看著他，宛如看著父親。我想起在飯店的房間裡，尿液像細雨灑落在這個男人的臉上。

隨著時間過去，男人的表情漸漸緩和下來。

「你以後就會懂。」

說出這句彷如咒語的話後，他讓出了路。那一刻，我心中有股矛盾的感受。我發現自己正憎恨著眼前的男人。那樣的恨在我生命中不曾出現過，我也沒有那樣恨過父親。然而在內心深處，我希望能向他道別，向父親道別，向這一切道別。僅僅只是說出再見，便已足夠。

我真的做了。然後我越過他，直奔門外。

＊＊＊

「在想什麼？」天使撫弄著我肋骨間的凹陷。「你最近，好像變瘦了。」

我再也沒見過太太。自從放棄尋找父親後，一切行為都失去了意義。以吃飯為例，無論是吃與不吃，並沒有任何不同。那只不過是純粹的動作，與我的生命無關。就算活著，我也沒有想去的地方，沒有想見的人。男人的話有如咒語般縈繞在腦海，就連做夢也會聽見。

只有做愛不同。我們無時無刻只做這件事，一次結束後，便又渴望著彼此，迫不及待地躍入下一次性愛。我們以殘暴的方式做，也以最溫柔的方式做。她溫潤的身體是條黑暗的通道，另一端通往一次次微小的死亡。在那一刻，我不是我。我不是父親的兒子，也不是由母親的子宮所生下。我只是意識的純粹存在。兩個意識像這樣純然地緊靠在一起，外面的世界與房裡的我們毫無關聯。而她的身體，也自成一個房間。我掰開她，探入、凝視、吸吮那片黑暗，恨不得整個人鑽進那裡面，待在那溫暖的、什麼也沒有的平靜之中。可是虛弱的身體使我發暈，牆壁與肢體顛三倒四地扭曲著。腦中不知怎的，浮現父親的模樣。那張臉與飯廳裡男人的臉疊合在一起，再慢慢過渡為我的臉。結束後，我們汗淋淋地抱著彼此，緩緩地降落在床上。我覺得自己得救了。

「那個人啊，今天晚上又約我見面。你可以陪我一起去嗎？」

我搖了搖頭，告訴她，我不想再看到那個人。

「你生氣了嗎？還是我不要去比較好？」

我告訴她我沒有生氣。她可以去找他沒關係。

「那麼，在家等我喔。」她說，立刻相信了我的話。

她離開後，我像個獵犬一樣，搜尋著她留下的氣味。打開手機相簿，看著那熟悉的身體。「幫我拍照好不好？」她雙腿呈M字打開。「拍太爛了啦。肥肉都拍進去了。」無法用在賣場的照片堆積在我手機裡。明明上一刻還緊抱在一起，此刻那身體卻給我一種無可言喻的疏離感。我發現我從未真正瞭解過她，一如我從未瞭解過父親。

時間在這個狹小的房間裡一點一滴地膨脹著。我盯著手機，睡著，起床，吃東西，再度睡著。醒來時，指針仍在相同位置。

昏黃的燈光照射著小桌，那裡放有她寫給客人的卡片，背景是白色的北極熊。在雪地裡，多數動物都冰冷地死去的地方，牠胸口抱著珍貴的聖誕禮物盒子。我來到小桌旁，一張又一張地讀著那些卡片。這是我第一次閱讀它們。

親愛的某某先生，

生活不是地獄，無法去愛別人才是地獄。

希望你會喜歡這次的綠茶

by 天使

實在難以想像，這是她寫出來的東西。更無法想像，這些字是在這個房間寫出來的。這些小小的卡片，就像是寫給我的。

馬上撥了電話給她。電話嘟——嘟——地響著，房裡好安靜。三通之後，她還是沒接。然後是四通。六通。

不知不覺，我來到了冰箱前。

打開冰箱，一個金色的宇宙立刻向我綻開，光線刺痛著我的雙眼，讓我流下眼淚。不同濃度的她，整整齊齊地排列在我眼前。

我把那冰涼涼的東西舉起來仔細端詳，這輩子第一次地看清楚裡頭的東西。裡面相當乾淨，一絲雜質也沒有。我扭開瓶蓋，輕輕吸了一口氣，預期某種味道將會撲鼻而來。然而什麼也沒有。彷彿要驗證什麼似的，我湊近瓶口，小心謹慎地啜了一口。只有一種淡淡的鹹味，不像是我嚐過的任何東西。但如果忘了它是什麼與對它的想像，那東西絕對稱不上噁心。

我蹲在冰箱前，回想這段時間所經歷的一切。

首先想起的，是她平時問我「在想什麼」的聲音。那是一種親切而溫暖的聲音。我換了個對象，想了想父親的聲音。然後我發覺，關於他我已什麼也不剩，除了那本留下的複寫簿。我能清晰憶起的，反而是一個個我們一起看過的房間。那些人不在裡面，只有房間。我在房間與房間之間穿梭著。

他們都跑去哪了？

複寫簿在我腦裡攤開某一頁。說到底，父親為何會留下那些日記，而沒有銷毀它們呢？他是否想透過這種方式，試著告訴我什麼？

我花了點力氣站起來，凝視著鏡子。鏡裡我再次看見了他。那時，我想到這段時間以來我從未問過自己的問題：父親是否希望自己被找到？始終沉默的母親，會不會早已看過那些藏在車裡的複寫簿，只是等待著我發現一切？為何我會這麼依賴名為天使的、連真實名字都不知道的女人？那位太太究竟想從我身上獲得什麼？當尿液灑落在那個男人臉上時，他心裡在想些什麼？

這些問題都沒有答案，只留下龐大的空白。

我在小桌前坐了下來，拿起筆，試著在卡片上記下一點東西。開始寫之後，一些想法便斷斷續續地流洩出來。

出於懦弱，或著說，那是對於現實的無能為力，伴隨著一種被理解的渴望，使我們創造了那些不存在的房間。在那裡，我們是我們自己，不是生活的投影。在那裡，我們可以採取行動，邁開步伐奔跑，替一片海洋命名，用隨手拾起的樹枝搭建自己的王國。我們真的這麼做了。隨著時間過去，那樣的王國越來越真實，被賦予了自己的生命，並呼喚著我們將它化為現實。父親必定是找到了那樣的房間，並就此待了下來，在這世上的某個角落。

寫完的時候，天使還沒回來。看了看時鐘，時間是半夜三點。

我站起身，環顧這個房間。

這是一個長條形的房間，沒有陽台，唯一的小窗被遮蔽著。小窗的旁邊，也就是房間的末端，豎立著一台巨大的冰箱，一罐罐的尿液整齊地擺放在裡面。這些尿液以及晾在房裡潮濕的內衣褲，都屬於某個女人。我不清楚女人的名字，也稱不上是瞭解她。但是，我們已一起共度了大量的時光，如今我已離不開，也不想離開她。我所站立的房間中央，有著室內唯一的光源。燈光照亮了底下的小桌，桌上散落著一張張的卡片，我的字跡爬在上面。

突然之間，我有一種預感。我抓起車鑰匙，奪門而出。

不到十分鐘的時間，我已經站在家門口。一樓店面空蕩而漆黑，淡淡的木頭氣味殘留下來。母親一如既往地坐在裡頭看電視，螢幕光線照亮她的臉。看到她時，我鬆了一口大氣。

我遠遠地看著她，沒有進去。

林黛嫚

不存在的「房間」

有一個房間，狹窄的長方形，末端放著一台大得不成比例的冰箱；又有一個房間，裝潢典雅的客廳像個小型的倉庫堆滿了家具；還有一個房間，丈夫消失的婦人總是坐在一樓店面，安靜地看電視，有時唱著〈我只在乎你〉。在這篇似魔幻又寫實的作品裡，所有的人生都在房間裡展開、前進，一如不寫日記怕暴露心事的「我」最後在卡片上所寫，「對現實無能爲力，使我們創造那些不存在的房間」。

雖然情節中有許多超現實的戲劇性，如天使的工作，眞的有人賣／買尿液？又如那長相疊合父親形象的灰頭髮戴方型粗框眼鏡穿西裝的男人，他的存在以及行爲都充滿著不可信；雖然有些細節描繪過於坦露，可能會使閱讀者覺得不安，但作者大膽敍述的創意使全文迴盪著迷人的氛圍，令人又拒又迎，竟而卒讀。

評審會議紀錄

評審會議紀錄

報導文學類

楊渡

須文蔚

楊富閔

從家族史探照時代

王大貴／記錄整理

第四十五屆時報文學獎報導文學類徵文共計收件一百八十二篇（包含東南亞十七篇、中國大陸二十四篇、美加十二篇及其他地區九篇），經初複審委員盧美杏、汪詠黛、石德華、房慧真評選後，有五十篇進入複審，十四篇進入決審，分別是〈從一條路去向一座無名的塔〉、〈不走〉、〈查某囡仔嘛會有出脫〉、〈敗家的爺爺〉、〈與爺爺奶奶對望的一刻〉、〈文敬〉、〈都是豬〉、〈他不是他媽的兒子〉、〈我家祖先要搬家〉、〈飛蛾的曲線〉、〈走進父親的越戰青春〉、〈斗笠爸爸〉、〈先人往事我記得〉、〈砂武士〉。

會議於九月廿四日下午三時卅分中國時報會議室舉行，首先由須文蔚、楊富閔、楊渡等三位決審委員推舉主席，主席由楊渡擔任，開始針對報導文學評選標準提出討論，並針對十四篇作品進行投票。

評審標準

楊渡（以下簡稱渡）：這一次用家族歷史作為題材寫作，彷彿看到整個社會變遷是來自不同族群、不同的人、不同的家庭及不同的背景，有越南、撒哈拉沙漠，也有海外的。每個生命史彷彿是整個台灣社會多元族群，及至於整個社會歷史發展變遷的寫照，通過一個家族一個人的生命史，父親也好，或是父親從事的事業也好，來自家族內部的糾紛等等，我們看到一個大的社會變遷歷史。這個社會變遷史裡，過去會覺得它彷彿只是政治學、歷史學、社會學裡的名詞，通過家族史，會發覺那些冰冷的理論，是影響到每個家庭、每個生命，甚至那些很傳統的重男輕女觀念、封建觀念等等都深入到每個人的生命史裡。所以這次評審時是很有趣的，能看到很多元的面貌。

可能是規則限定在四千字，所以它能敘述的面向沒法太深入，部分看起來彷彿只寫了序言般的缺憾。畢竟在這樣短的篇幅裡，試圖通過短故事去呈現家族的面貌，不可能選擇全面的寫作，而是選擇某個面向去呈現，這也是這次評審裡覺得很有趣的。我曾在演講裡說過一句話，「一個人的生命中，如果能幫後代子孫留一本家史，那是種很溫暖的家族共同記憶。」所以我在這次做評審時，有一種找回溫暖記憶的感覺。如果大家願意共同去追尋這些記憶，對於現今越來越撕裂的社會是對彼此生命史的理解有很大助益。

須文蔚（以下簡稱須）：我一直相信，很多家族和國族的命運，或說和一個區域的變遷是有關聯的。台灣人本來就是充滿那種冒險的生命力量，提一卡皮箱就能到世界各地去。那些慢慢在我們身上、生命當中消失的這些記憶，如果能從家族書寫裡，片片斷斷的去找回來，這對於我們怎麼重新去認識台灣非常重要。可是現在年輕人多半社恐，也就是社交恐懼，其實也有家族恐懼。

我常不解年輕人的散文多以不跟自己家人過年、溝通為好，這大概是長此以往我們都以為「家常」是很日常的，直到出了《烹調記憶》後，我開始覺得「家常」一點都不日常，也不是經常，其實「家常」是不斷在流失，而且是迅速的流失。可能家裡長輩突然離開後，等到你想要回憶去捕捉時已經來不及。所以這次其實真的很溫暖，覺得每一個故事都很精彩。當然或許可以再考量是不是還要在「報導文學」這個概念上，也許能做家族的紀實書寫，這也可以放寬紀實寫作的力道，或許可以接近傳記，也或許可以接近報告。

這次的作品當中，有些是個人的，像女性生命故事的周折、轉折，在女性的報導裡，我們會強調口述生命史，或是自我報告，也就是生命經驗報告。其實盡量鬆開某種文類的框條，而是一個真實故事的抒發，這對於文學的開展或是對於整個台灣的文學去形塑一個新的社會價值，都會非常有幫助。

楊富閔（以下簡稱閔）：關於剛剛須老師所提及到的，我認為若將家族故事放在上層，然後以報告的方式，或是口說的方式，回來再看這批稿子就會比較放心。因為我會擔心的就是在報導文學類框架下，主題是家族故事，無論是報導文學本身的文類成規、方法乃至於既定的想像，可能投稿起來會有綁手綁腳的感覺。創作者可能有一個很精彩的故事，如何去迎合或滿足形式上的報導文學？

整體讀來，這批稿子比重上應該是還是以自我抒發的散文家族故事為大宗，而且都非常的好看。有不少篇到最後會走向一個揚起的、很勵志的寫法，這寫法似乎就是報導文學跟家族故事這兩個綁定後，拉扯出來的狀況。如果是把家族故事放在上面，然後用各種手法來講家族故事，也許反而可以讓創作者更自由，而讀者也可以找到他降落的地方。

在三位評審陳述評選的標準後，開始進行第一階段的投票，每位圈選四篇不分名次，之後再針對獲得票數的幾篇，逐一進行討論。

■第一輪投票：

得1票者：

〈不走〉（須）

〈查某囡仔嘛會有出脫〉（渡）

〈文敬〉（須）

得2票者：

〈都是豬〉（閔、渡）

〈我家祖先要搬家〉（須、閔）

〈砂武士〉（閔、渡）

得3票者：

〈走進父親的越戰青春〉（須、閔、渡）

★一票的討論

〈不走〉

須：這是裡面最特別的一篇，作者是去採訪丈夫的一名遠房親戚，所以這位遠房姑姑就變成她的採訪對象。我認為這次的文章裡大概只有三篇比較符合報導文學，就是這一篇、〈我家祖先要搬家〉和〈走進父親的越戰青春〉，比較實際到當地踏查，也對陌生人問話、訪談，或去蒐集資料然後再重新建構這個故事，其他的都是散文。雖說未來可以用寬鬆的方式來徵文，但是畢竟這屆還是如富閔所說的，是報導文學在上面，我還是會特別去推薦有採訪觀察的作品。

這篇故事比較單調一點，其實講的是沙漠生活跟戰爭底下的孤兒寡母處境，沒有太多的曲折，但有些部分的書寫還蠻溫暖的，例如說芭荷妲不捨離開故鄉，是因為擔心失蹤的丈夫回來時會找不到她，而後來孩子慢慢流失時她捨不得。這位作者幾乎在每一段都收得很有韻味。例如說「芭荷妲捨不得兒子走，但她已經老得阻止不了什麼了。」最後芭荷姐說「這孩子都五歲了，到現在連一滴雨都沒見過」、「等艾齊到綠洲賺了錢，回來帶瓶礦泉水給妳，那水好喝，跟雨一樣甜。」其實都反襯出一種特別的張力，反襯出他們的命運悲苦卻強自鎮定，想要表達她對於人生還是抱持著希望。

閔：我覺得〈不走〉很像是一個可以企圖心更龐大的一本書中的幾個階段，它是可以做為一本書的規模，但現在有點像是壓縮檔的感覺。因為這種書這種題材就會涉及到邊界這種問題，那種游移模糊的東西，其實我非常期待作者可以把其中一節專寫綠洲，綠洲在這篇文章裡是某一種召喚，就是綠洲啟動這個故事——這個家族的排列組合。所以我很期待這篇文章可以成為一本書。

〈查某囡仔嘛會有出脫〉

渡：我選〈查某囡仔〉這一篇是因為這從女性角度出發，本來也想選〈不走〉，所以剛剛我是最後交評審單的。選這一篇是因為她很實際的寫出奮鬥歷程。「你查某囡仔嘛愛有出脫。」這是我們在鄉村裡常常聽到的，但是作為女性，事實上它是比較像主觀的一種散文書寫。如果要我後悔的話，就繼續選〈不走〉好了。

須：這一篇大概有兩個小缺陷，第一它本質上是一個報告，她要見證自己生命的歷程，但我覺得她是在置入行銷自己嗎？有這個味道。第二個就是她文筆有些地方很奇怪，比如有一些字詞不停重複，動不動就要描述她怎麼哭，或像是「接下來的日子依舊上著木狗，卻仍得前行。」反正有些修辭我都覺得特別怪異。

閔：這篇給我的感覺是，她好像很忙，忙著到底要怎麼樣證明自己，想把她的整個特色都寫進這篇文章，但我其實抓不太到這個文字方框是什麼意思？就是方框裡提到在書裡面她已經被認可，然後開始鋪陳她的生命歷程，她的幾次挫敗，然後決定再起來，似乎沒有找到一個真的要切進來的角度，她若選擇是更普遍性的女力崛起，也許會有屬於這個故事更不一樣的視角。

渡：沒問題，本人放棄。

〈文敬〉

須：這篇可以放棄。我其實想在〈文敬〉和〈查某囡仔嘛會有出脫〉之間挑一篇是談女性的生命歷程，而〈文敬〉敘述方式比較聰明。很多故事都會講到台灣女性特別可憐，就是那種家裡的歧視，可是作者很聰明的描述家裡有一個出生時缺氧的孩子，一路被呵護照料，最後竟然是在養雞的「閒間仔」裡被電死。其實這是個非常悲傷的故事，卻可以看出他們整體在這種磨難當中的無奈與折磨。我認為用一個女性生命的口述方式寫〈文敬〉，反襯出自己比〈文敬〉更可憐的寫作是相當聰明的。它是一篇好散文。

閔：我認為〈文敬〉是一篇寫得非常好的散文，作者就寫孩童時的恐懼，然後一生被這個恐懼糾纏。在一個重男輕女的環境裡，她應該是恨的，但作者在反轉這個恨與愛，很令人毛骨悚然，但這也很像是我阿嬤那個年代會發生的故事。〈文敬〉從命題到文章的架構其實都是一篇非常漂亮的散文，好像走錯棚了。

★二票的討論

〈都是豬〉

閔：〈都是豬〉好像是一個平凡的家族崛起，它比較迷人的那一塊，也許不是牽豬哥的部分，而是後來提到的南科土地帶領著整個家族，明明是同一個家族，最後卻會有這麼大的落差，這應該是它切進來的地方，然後才講牽豬哥（配種）的那些細節，把牽豬哥跟台糖、整個台南的畜產業，慢慢扣到土地，這樣他的問題也許會更有深刻性。因為他有家族故事的彰顯，也還有一點時代背景的知識性。

渡：我選這篇是因為它通過豬這個意象把兩個家族的命運呈現出來，作者要寫的是兩個家族完全不同的軸線然後興衰起落，很簡短的一篇，可是他能夠把軸線牽那麼長而且這麼鮮活，在敘述上很有意思。其次，即使只是牽豬哥這樣簡單的事，卻彷彿能看到整個社會變遷。從炒土地到算命，很多細節講得很有趣，彷彿一個台灣社會真實縮影。

閔：這等於是在我家旁邊。有一段寫他們都沒有在上班的，每天都在張羅這些事情，太有趣了。

須：這篇我是覺得他企圖心太大，所以故事的線索有點複雜，在這麼短幾乎才三千多字，還要畫人物關係圖才能夠知道他到底要講什麼，這好像是在看《天龍八部》的感覺。就是你看著看著那個豬就不見了，中間在講兩個家族，然後接下來又在講三個兄弟各自悲慘的命運。感覺結構上有點怪。另一個怪的是作者一直用一個重複出現的詞，「形穢我家」，應該出現了三次，這個用法也很怪。因為我們講的是，通常「自慚形穢」是不會把形穢拆開來用，如果單獨用形穢，通常是覺得自謙。我自己覺得他的意思應該是說去侮蔑他家先祖是殺豬的，然後像「形穢我家先祖因為殺豬」，就會發現作者一直用這個奇怪的詞，還很得意的用好幾次。中間也有些修辭是故意用很奇怪的筆法，例如「外人的殺豬造業之說，無異在我家的傷口撒鹽，讓我們一家受過傷的心版，囚禁在殘墨淡影的世界中。」這個轉折好像故意要創造一個詩意。我也是覺得題目很有趣，但他至少有好幾段情緒性的部分都沒有開展出來。他如果是得佳作的話，我可以接受，但他的文學梳理是比較不夠的。

〈我家祖先要搬家〉

須：這篇是唯三比較接近報導文學理想的文章。作者其實是用一個過去台灣報導文學的一個類型，比較偏研究，就是收集大量的研究文史資料，然後以較幽默、生動的筆法來書寫。作者把他們家族遷墓的過程，涉及到的三個問題用三個大段寫出來，最後收束出一個光明的結尾，就是富閔講的，一般的散文不會這麼寫的。它雖然沒有那麼生動好看，但可以看得出作者紀實求真的這個精神是很充足的。他的研究跟田調的這兩部分其實是其他作品比較沒有做到的，若以用功程度來看，如果有什麼特殊獎項的話，應該給他一個最佳採訪。它不是沒有缺點，首先關於消息來源，在比較成熟的寫作裡會標出完整的姓名跟職稱，然後特別用比較權威性的方式，例如說研究宜蘭文史四十年的誰、哪個老先生，這大概就是記者的訓練會讓我們比較能夠處理好這個描述。第二個缺點就是結尾的部分沒有韻味跟趣味。

閔：我也有選。首先是它特別能去回應「家族書寫」這個目的，相較於其他的家族故事作者，比較疏離，作者是把這個家族變成一個題目重新去研究、爬梳，而且實做。如果其他篇在處理題材比較戲劇性的話，這篇是相對比較冷靜、科學，有條有理的去處理關於家這個題目，這是他寫法上跟其他家族故事不一樣的地方。他處理的已經不是撿骨，而是撿骨完還要再挖起來遷葬，這裡面有非常豐富的故事能量，可惜作者只點出這些可能會有的方向，應該可以擴充得更豐富。其實這篇很適合做一個示範，若現在寫這樣一個家族題材時，他的技術、可以啟動的知識、可以運用的文獻材料，如何將他的用功呈現出來。他的題目〈我家祖先要搬家〉，可能是個人的小小潔癖，因為它有兩個「家」，可以再修改。整體而言，這篇在家族故事的書寫上是脫穎而出的。

渡：我是沒有選但其實也喜歡這一篇，這一篇的缺點就是能感覺到背後有很多故事，不僅是堂號的故事，然後家族裡某個有特別堅持的老先生也是一個故事，彷彿那些故事若能再多放一點點，資料也許再簡略一點點，或許那些故事跟人情就會更濃郁一點。感覺這個部分是可以發展的，也就是說，在家族裡面其實有很多內部各自的情感，即使是對祖先的情感也有不同的面向。

〈砂武士〉

渡：這篇是從一個砂石的故事開始敘述，一開始寫對她的家族而言，通過石頭可以致富，然後他整個生命就發達起來，後來果然出現了各種故事，家族就做不下去。這一篇有趣的是，它彷彿看到砂石生意跟整個台灣社會的建築業，這個建築業來自於台灣社會的巨變，因為搞了很多建築，所以到處挖砂石，到最後大家發現砂石能致富時，黑道白道都朝這個利益而來。這是一個很有意思的台灣社會寫照，如果通過家族史可以映照出一個時代的側顏，那這篇會是很典型性的代表，雖然它很簡短，人物形象很鮮活。

閔：我認為砂石的書寫、土地的書寫跟鄉土這個意象其實有若干的連結，特別是開採砂石然後賺大錢，這其實是我家鄉記憶的一部分，所以我在讀的時候其實是覺得非常羨慕作者把這個題目寫出來。但剛剛楊老師有提到一點，就是作者講故事的方式，那個窠臼其實是能被猜到的——有利益糾紛時可能那些複雜性就會跑出來。作者也許可以去發展的地方是，能否對砂石這件事的思考有不一樣的角度，這個角度可以和家族、及這個產業產生關係。作者對於如何開採砂石的細節、然後石頭的分類，以及它本身的隸屬都有點出，這是很有趣的題目，因為砂石跟建築，跟基礎建設、跟河流的連結，其實還有很多可以發揮的。我是很羨慕這個作者能對這個題材有所理解。

須：這篇文章完全違背我對於永續的看法。裡面有一些腔調，我不太喜歡，作者太過美化了這一切，一個盜採砂石、破壞生態環境的事被寫得像西方公路電影的場景。報導文學畢竟還是要有一個核心的人文價值，這當然就產生了衝突。這有點涉及到環境倫理的一體兩面，若站在家族的角度，當然會覺得父親所做的一切努力也都是為了撐起這個家。如果評審時不放入環境倫理，它當然是一篇非常厲害的家族書寫，有內在，然後把父親描寫得很有層次。

★三票的討論

〈走進父親的越戰青春〉

須：它就是有那個首獎的架勢。首先是因為它是有做田調的，有點像帶著父母親或祖上的故事到異鄉，然後進行觀察，這個觀察裡頭就會有一些遊記寫不出的特色。作者可以把父親的見聞，特別是埋藏到最後的屠殺那一段，屠殺完又沒有認屍，所以整個屍身腐臭等等把它寫出來，光這個故事就會讓讀者永遠不會忘記南北越衝突過程中的那種血腥跟殘忍。對於一名最後避難到台灣的男子來說，這是他一生的創痛。這位作者很擅於說故事，這也是目前很多報導文學的創作者比較做不到。她就像馬奎斯寫《智利祕密行動》那樣故意製造懸疑，其實也沒那麼可怕。會寫的人就能將明明是小事，卻創造出一些懸念或動機，讓讀者在讀的時候會覺得是它有進展的，看了會想要持續的看下去，所以這個筆法或是她的見證，然後和父親的對峙可能透過了踏查而和緩下來，最後又有一個很巨大的抒情。所以我會覺得從家族書寫的角度，又可以跨度到這麼大的空間跟時間，是很難得的一篇作品。恭喜時報找到一篇非常厲害的創作。

閔：我同意須老師。這些作品裡面有時候會牽涉到「我」，這個「我」是一站出來就是有重量的樣子，這個「我」在這趟旅程當中其實有他的目的，但讀者跟著他，其實也跟著他在探索那個也許連「我」都未知的東西，這是它最迷人的地方，同時也兼顧它該有的一些歷史背景的知識面。我相信這位作者是有能力可以把這個故事寫成更長、更宏大的篇幅，但是他目前這樣的裁剪我也可以被說服。基本上我很支持這一篇文章，因為這篇稿子裡其實是有企圖、有野心的，或者是一個使命。這個使命在其他作品裡，如〈我家祖先要搬家〉是有一些，這篇則是更明顯。

渡：這一篇有意思是在作者通過父親、通過一個追尋之旅，慢慢進入歷史、進入家族、進入父親的生命。許多人的父親心裡都曾埋藏著我們永遠不知道的祕密，很多時候我們去追問父親，可是要到某個契機，他才會把內心世界揭露出來。我記得以前我曾和父親談起他年輕時創業的種種，我父親從來不講以前在外面被黑道追殺，有過什麼樣的故事，直到上了年紀，才在泡茶時講起那次他的冒險往事。所以我能感覺到作者彷彿是通過這樣的旅程，慢慢進入父親的生命故事裡。這是一個很好的敘述者，若以文學來看，它確實比其他篇章都更成熟，在敘述上也更完整。再者，用一個追尋的過程去敘述家族歷史其實是很不錯的文學形式。正如文蔚所說，恭喜時報文學獎收到一篇很不錯的文章。

因評審們自動放棄〈查某囡仔嘛會有出脫〉及〈文敬〉，共計五篇作品進入第二輪投票。

■第二輪投票：

（採計分方式，最高以5分計，依次遞減。）

・15分〈走進父親的越戰青春〉（須⑤閔⑤渡⑤）
・11分〈不走〉（須④閔③渡④）
・8分〈我家祖先要搬家〉（須③閔④渡①）
・6分〈都是豬〉（須②閔①渡③）
・5分〈砂武士〉（須①閔②渡②）

經過反覆的推敲琢磨，第四十五屆時報文學獎報導文學組的得主終於誕生，首獎是〈走進父親的越戰青春〉，二獎爲〈不走〉，佳作分別爲〈我家祖先要搬家〉、〈都是豬〉。恭喜所有得獎者。

■會後討論：

渡：我建議下次可以把長度拉長到六千至八千字，故事就會更精彩。

盧：剛剛須老師提到的文類，究竟是在報導文學之下以家族故事為主？或是直接分類成家族書寫？

渡：其實報導文學也可以寫人的。但現在變成沒有寫議題的人不敢來投。

須：但從這次的評選結果也會發現，有做採訪或有踏查的還是比較會被放入前面名次。也許大家看完評審意見後，就會知道應該盡量要去田調。我們還是很嚴格的。

渡：我建議可以連做三屆，經歷三屆後大家寫作就會比較成熟，會看出它的模樣，也能從這些故事裡看到整個社會變遷的某些形貌。

須：推薦沒有得獎的〈文敬〉和〈從一條路去向一座無名的塔〉可以刊登到副刊，兩篇都是好散文。

評審會議紀錄

新詩類

白靈

李進文

羅智成

開闢新美學技巧　莫忘讀詩樂趣

王大貴／記錄整理

第四十五屆時報文學獎新詩類徵文共計收件四百一十二首（包含來自東南亞四十七首、港澳廿八首、中國大陸九十六首、美加五首、日韓三首及其他地區五首），經初審委員林達陽、夏夏、達瑞評選後，有五十七首進入複審。複審委員為楊宗翰、顏艾琳、羅毓嘉，複審結果有二十一首進入決審，分別是〈植物寓言——在瑪麗醫院〉、〈女智齒〉、〈溺入時間的7.1級晃動〉、〈稍息之後〉、〈陪他回家〉、〈殘餘的人〉、〈再見南國〉、〈步行十二時辰經〉、〈黑膠與槍〉、〈容器〉、〈試算表〉、〈孤巴察峨——獻給走進神話裡的高業榮〉、〈午後彌撒〉、〈親愛的馬尼拉我給你寫信〉、〈人來人往裡安坐且擁有的人〉、〈家書〉、〈疼痛月會報〉、〈洞見〉、〈航海術〉、〈關於存在的一些詞彙〉。

會議於九月十九日下午二時卅分中國時報會議室舉行，由中國時報人間副刊主編盧美杏主持，首先由白靈、李進文、羅智成等三位決審委員推舉主席，主席由羅智成擔任，開始各自陳述評審標準，並針對廿一首作品進行投票、討論。

白靈（以下簡稱白）：五十到一百行的詩當然比四、五十行以下的詩要困難得多，他不是將小詩、短詩拉長而已，要有完整的結構，語言不要碎片化，意象要能集中、精準。有很多人採取的策略是改用組詩來規避剛才說的缺點，但還是可以看到很多詩寫得蠻完整的，題材內容各方面很多元，作者寫作風格差異性非常大，手法也差距很多。我會比較注重詩的結構能否前後貫串，語言不要太碎片，回行不要太多，意象能夠前後連繫。

李進文（以下簡稱李）：去年是時報第一次徵五十到一百行長詩，所以我算是連看二年這些作品。這屆整體水準較去年更平均，競爭激烈，好作品很多。題材確實多樣、精彩，所以會難以割捨，不知道要把哪幾首放到前面，在此前提下，我的判斷標準就會著重第一是否有創意，第二是技巧；也就是如何去翻新舊題材，或是如何開闢新的美學技巧。

長詩有時會忽略掉真摯動人的部分，短詩比較可以鎖住這點，也就是在開闢創意及技巧時，要能保留短詩的那分純真、觸動。在評斷技巧或是形式內容的部分有下列幾點，首先我很在意選題時要去思考，用什麼形式去寫，比方說社會議題寫得非常抒情，會讓人覺得格格不入；當詩的長度拉長時會更突顯扞格、不流暢。其次是結構，最重要是要鬆緊有度，長詩一定要特別思考「節奏」，不然詩拉長時會不好看，好不好看對長詩是很重要的。看大量的長詩其實是耐力的考驗，若突然看到很精彩、很有情節的，這會吸引人想要去看。第三，長詩基本上要集中命題，文字要把握詩美學上的簡潔。另外，我會留意長詩裡有沒有留白與空隙。如果沒有留白，讀者就無法去介入、參與這首詩，然後跟作者一起去思考。所以長詩反而要用減法，不要塞太多東西，很多跟歷史有關的題材長詩就會有這種情況。最後一點，長詩還是要有內在的故事，有故事性的詩才會好看。

羅智成（以下簡稱羅）：這二十一篇乍看之下都相當精彩的，在形式上、主題上都有做到所謂的多樣性，語言也都非常熟練。但我特別注意到，篇幅成為很決定性的要素。五十到一百行，這是大部分台灣的詩創作者最不熟悉的長度，能看到不同的創作者使用各種方法來滿足篇幅。就像剛才白靈兄提到，有些會用組詩的形式；有的是會刻意拖長，刻意做更多類似賦格的重疊；很多為了拉長而造成敗筆增加，就是想講的越多，做的動作越多，其必要性反而會再降低。

所以在這次的評審裡，我最看重三件事情——面對這樣的篇幅考驗作者的結構能力，布局能力，以及節奏感。簡單講，就是作者有沒有考慮到讀者的呼吸。若用短詩的密度來寫五十到一百行的長詩，會讓人幾乎無法呼吸，像撞牆一樣。以我來看，在每首功力接近的情況下，能影響進入最後排名的關鍵，我會更考慮是否能讓讀者讀得很舒適。我讀詩這麼久，很怕大家越來越覺得讀詩是一件痛苦的事，讀長詩就是加倍痛苦的事情。大家忘掉讀詩的樂趣已經好久，所以我這次會去找一些讀了會讓我鬆一口氣的作品。

在三位評審陳述評選的標準後，開始進行第一階段的投票，每位圈選四首不分名次，之後再針對獲得票數的幾首，逐一進行討論。

■第一輪投票：

1票：

〈女智齒〉（羅）

〈陪他回家〉（李）

〈步行十二時辰經〉（白）

〈黑膠與槍〉（白）

〈容器〉（李）

〈試算表〉（白）

2票：

〈植物寓言——在瑪麗醫院〉（李、羅）

〈疼痛月會報〉（李、羅）

〈關於存在的一些詞彙〉（白、羅）

■第一輪投票討論：

★一票的討論

〈女智齒〉

羅：作者將看牙醫的整個過程與他的想像結合得非常貼切而相襯，沒有過度修飾將詩冗長化，算是一首充滿象徵意義的敘事詩。雖然談的是智齒，但同時帶到了各種官能體驗及對於這些官能體驗的聯想，這是我還蠻喜歡的一首。

李：這首牽涉到時間以及人會衰老、成長的記憶，都是透過看牙的過程。但它有個很大的問題，在九十行這麼長的篇幅裡，只說拔智齒這件事，讀到最後會覺得枯燥。在漫長的敘述中都處在同一個場景，這是個問題。其實可以在講到成長或記憶時，把場景轉移並拉過去，或做一個轉折、跳接，這會讓人在閱讀上感到趣味，不然讀到後面時，會覺得冗長無趣。我一開始對作者能以單一主題去敘述感到新鮮，但讀到後面會感到很多重複且相似，基本上就是一直陷溺在同個場景裡。

白：這是有點小題大作的詩，作者將牙醫比喻成須臾先生，也沒什麼一定的必然性，而且很多句子很口語、散文化。第二是標點符號的使用比較任意，譬如逗號或句號時有時無，並沒有很統一，這會讓人在閱讀時感到困擾。第三用語不準確，譬如「仍然沿著／電路信號以點滴形式輸入。」這裡的電路信號是指這整個牙科裡面的哪一部分？既然用到現代的名詞就應該把它指出來，讓別人可以理解，作者在這方面沒有做到。最後，詩的結尾有點弱。

〈陪他回家〉

李：這首就有做一些場景上的轉換，讀起來就會覺得是一首好看的詩。主要在寫親情但寫得相當節制，作者筆下衰老的父親是個樂觀的，但修佛的母親是悲觀的，兩個情節一起走，又將敘事者「我」的現在，與父親的時空交錯。層次冷靜、清楚，是個會說故事的詩人，文字淡而有味，有空隙讓閱讀者能去參與。結尾簡單而開放，讓人回味。文字不錯，譬如說第一段將時間與老人失禁漏尿融合，「但出門前要先上廁所／拉開拉鍊，牽好那隻羊／越過山稜之後的日子／像牆上那只掛鐘／睏著，指針鬆弛，固執地滴滴答答」不但不勉強，還相當有趣，所以作者在技巧上也是相當好的。

白：這首讀來是有故事性的，但場景並未交代清楚，所以這讓我不曉得這個陪他回家是個什麼樣的過程。它的很多語言寫得還不錯，而且作者以「他」、「她」相互交錯，能夠看出二者之間的關係，尤其在回憶過去窮苦日子的過程是很有情感的，也說出了人老了以後的無奈，包括進文剛剛講那段「拉開拉鍊，牽好那隻羊」，這還蠻有趣的，有一點隱喻的意思，意象跳躍快，有意識流的感覺。但仍有些地方略顯突兀，譬如最後一句的「她迴向，問訊」，也許裡頭有些故事，但作者用這一句來做結尾，有點怪。不過能這樣從頭到尾去敘事，他的結構算是有可看性。

羅：這首和〈女智齒〉都是在大篇幅裡集中寫單一主題的詩，我很喜歡這種踏實感。我喜歡〈女智齒〉所表達的官能經驗現場感，並鎖定在單一主角，這樣更集中。〈陪他回家〉是更輕鬆好懂，是講某種家庭關係的現場，但我從頭到尾比較怕的是陪他回家的「家」到底是指什麼，是真的回家、返鄉還是另外一個更廣義的意思，這部分我其實一直沒有找到線索，所以比較不確定。

尤其是「她」，相對來講是比較negative態度的代表，但這個角色太怪異，她是僧侶或是佛教僧眾？所以每次有她出現時我就懷疑這裡談的是指現實世界嗎？（李：因為她穿海青，應是在家居士。）當宗教元素帶入時，時空就會被拉開。簡單講，這個人是活的還死的，我找不到線索，有點模糊但不算缺點，也就是說作者把「家」的概念拉大了。整個來講，就是大家對「他」的記憶的一種包容跟無奈，這感覺是很強烈的。這首我也很喜歡。

〈步行十二時辰經〉

白：作者聰明的選了以傳統時制循環，扣在像是為母親迴向、還願的親情敘述，再加上自己行走朝聖或是進香的過程，把它結合在一起。閱讀時可以看出時辰的變化，並使用不停變動的意象來表達主要意圖。全詩總共十二節，每小節都很有畫面感，並且不斷往前進，也有自我成長的感受。透過不斷行走，就很像人生的前進，然後產生一種逆行，就如自我思索的過程。

語言完整沒有太大的缺點，但也不是沒有小缺點，第一，副標題是致母親，卻只有開始跟結尾提到母親，若中間過程能夠將人生成長跟母親的互動有一點連結，說不定會更好。第二，既然提到神明朝聖、進香這樣一種活動，卻沒有把宗教氣氛烘托起來。在這次廿一篇詩作中，這首詩語言比較找不到太多的缺點，缺陷也少，這也是作者比較聰明的地方。

李：我同意白靈老師說的，這首詩很難在文字上挑剔，結構是用時序的結合，但仍有些問題：第一，是在寫進香，卻沒有進香停停走走般一鬆一緊的節奏感。第二，頭尾都有寫母親，但內容著墨在母親的部分是很少的。題目上要致意母親，反而更多的是自我探索。在自我探索的過程中，他找到了一種信仰，也融入一些哲思，甚至寫到一些對創作的想法、生活和童年的回憶及生命的釐清領悟等等，在這九十六行裡有很多東西，但是通通都點到為止。最後結尾「母親伸開雙手接住我，輕聲說：夢，受傷嗎」這完全不符合母親會說的話，有不食人間煙火的感覺。

羅：他的文字是比較吸引人的，另外，我也注意到幾個特點，第一點是這首詩太為這個篇幅量身打造。其實我很懷疑十二時辰的必要性，它會讓我想起〈十二星象練習曲〉，但練習曲不是在十二個時辰發生，比較像是在夜間的聯想，那是很自然的。第二點我沒有掌握到朝聖的現場感，反而覺得比較像是在打坐時自己在內在裡巡走。第三點，母子的部分非常牽強。我一直在想到底哪些事情是真的跟母親有關的，只有第一節跟最後一節有帶到。這首算是比較有氣場的。

〈黑膠與槍〉

白：這首寫新聞事件，作者透過華人在舞廳裡面遭受到濫殺的過程，提出強烈的質疑：死亡怎麼變成一個習慣？這首詩在現實面著墨很多，並提出在資本主義背景下，軍火商、政客利益集團形成很強大的共犯結構，讓這些悲劇沒辦法被撼動，而老百姓就變成無辜的犧牲者。寫這類題材是要有一些設計，在寫實方面算是完整的，作者提出很多的質疑，包括「狂熱、疾病、種族立場，都在槍管排放／那是不容易疏通的黑暗」，這是這首詩主要表現的題旨。並以劉文正〈三月裡的小雨〉這個老唱片表現這些年齡的人想回到過去，和過去有一點連接，卻沒想到在現實裡變成犧牲者。

這是敘事性還算完整的一首詩。

李：首先它後記就有問題，嫌犯是七十二歲的越南華裔，在被追捕的過程中最後舉槍自盡。作者光是後記就把這個主角省略不交代，只談美國有很多槍械管制的問題。既然從後記到這整首詩的重點，主角形象沒有突顯出來，所以讀的時候會覺得只是陳述資料可以查得到的東西。槍擊本身有很多東西可以探討，比方我們讀辛波絲卡的〈恐怖分子〉，她是用一個旁觀者的角色，好像跟槍擊要犯一起在看他們布設的場景，她其實是集中在冷靜旁觀一個悲劇的發生。但是這首詩有太多情緒、太多敘述在裡面。或者他也可以抓另一個角度，比方蒙特利市素來有所謂的小台北之稱，如果要讓這首詩有層次厚度，可以跟台北做指涉。

另外，這是一個社會議題，但太文藝腔，很多詞藻和這整個事件是會有格格不入之感。文字太抒情或文藝腔，會讓事件的力量抵消掉，讀的時候也會有拖沓感。作者反覆用「死亡如何成為習慣」這句話去貫穿，這點很怪，因為這與槍械管制、槍械氾濫問題不直接相關，而且死亡並不是我們自己能選擇，怎麼會成為習慣，我一直不懂反覆出現這一句的意思是什麼。

羅：這個槍擊事件我之前就有很深的印象，那些地方我們應該都算是熟悉。我記得附近那幾個地方會有這種比較屬於台灣式的舞廳，所以我對這首一開始帶著比較大的包容，但卻得到巨大的落空，這個事件應該會被帶到的東西好像都有，有種零散跟失焦的感覺。作者在這現場談很多舞步，很多意象上的使用，其實也是一種失焦。這首最大的問題在於作者從頭到尾都沒有把這個事件的意義做一個簡單的定位，讓我們能根據這個定位，來感受他的態度。這個定位可以有幾個方向，例如說，蒙特利公園市當地百無聊賴的華人、老人在那邊的生活是一個方向；談槍手他的失敗或幻滅的生活，讓他做出這樣的事也是個方向。

〈容器〉

李：這首詩因為我個人是很喜歡的，所以稍微多說一點。容器本身是隱喻，這首詩是講一名男同，就是男性的肉體裝著女性的靈魂，所以是容器。但容器可以做寬容或是其他解釋，所以標題已經統括了這一切。作者把性別認同與跟新冠隔離結合，分成二個主軸相互指涉。這兩章也是一正一反，第一章寫母親，而母親比較接受他的性別問題，父親是較難接受的，敘述者希望得到母親對他愛情的祝福。第二章，會感受文字變得強烈，「影子和刺，仍深不見底」，說的是父親死前都很難接受兒子是同志，而且反應很激烈。但最後「如每日準時被河口吞食的夕陽，依舊誠實／回應您——以陽性反應」結尾。兩章寫的都是新冠隔離，有各自的敘述，指涉愛情認同、親情認同。情緒複雜但細膩，這在長詩裡是很有難度的，稍有不慎就會很糟糕，所以這是一個有高難度的嘗試。

白：在第一節還能理解容器所代表的意義，到了第二節寫到父親的部分，語言有很多轉折，語意跳躍很快，對讀者來說是很不容易理解。第一節要比第二節寫得成功。這首詩的確有它的好處，在性別議題上有種要抵抗世俗的觀念，描寫大膽。

羅：它的語言有很濃的詩情，整體氛圍很壓抑，訊息過度晦澀、混亂，充滿了危險性，很多東西都只能用猜的。以我來講，容器指的是子宮，並不覺得有包容的意思，可能是裝靈魂的器具。作者很喜歡玩雙關語，「身上沒有和你一樣的容器」及最後一句「回應您——以陽性反應」，這陽性反應也有兩個意思，一個是感染上了病毒，另一個是對他父親而言以男性的方式回應，這部分算是比較有趣的。可是有太多東西不確定，感覺上他的父母和他都很疏離。有些句子是我無法理解的，所以這是首有著濃濃的詩情、壓抑的情感，但卻充滿了危機四伏的作品。

〈試算表〉

白：這首是決審作品中最清楚的指涉，大膽的用試算表這個計算工具，將日常生活幽默化、詼諧化，用試算版的加減公式來對應大齡剩女返鄉後不斷面對一再拋來的情緒勒索，只好用格式化家人的批評，全部歸納到試算表裡去做運算，讓主人公能夠應付，讓自我不會陷入悲哀中。這是一個很另類的詩的呈現方式，在其他地方也不太容易看到。

在面對難解的人生問題時，能以幽默的方式，甚至用不斷重複的公式、程式語言將窘境變成有趣味性，而且把自我意識以程式化的方式來反映人生，是一首有特別表現的詩。裡頭沒有太多詩化語言可能是它的缺點，可確實是一種現代社會男女相處狀態的寫照。

李：我會將這首詩與〈疼痛月會報〉比較，他們類型比較接近，但是我認為〈疼痛月會報〉比較高明。並非這首寫得不好，它有三個優點。第一很有巧思，這部分白靈老師已說明過。第二是它帶有一種黑色幽默和自嘲，並運用自然。返鄉的尷尬心情、工作的無奈以及被逼婚生子這些問題，其實有很多詩經常提及，但這首以幽默和自嘲。第三是敘述者表示不論是在台北或是在南部的家，她都是個局外人。這個部分陳述得很好，就是有一種疏離感。

但它也有兩個缺點，首先是設計性很強，所以不耐讀。詩要有一些歧異性會比較好看，並不是說試算表就不能夠安插它的歧異性或多異性，還是可以有一些技巧能去處理，長詩是有空間可以處理的；第二個是我比較有意見的，現在南部很少有這些陳舊觀念，詩中所敘述的南部應該是四年級生以上才會有的反應，比方說同志丟臉或是女性學歷太高會沒人要、要早點結婚、要考公務員、催生小孩這類言論。現在中南部的父母都很尊重年輕一輩的生活方式，這是我有疑慮的部分。

羅：整首詩在寫試算表，所以它的不浪漫是可被預期的，因為試算表就暗示著不浪漫，所以作者用不浪漫的語言跟表達方式來處理原本可以很浪漫的情懷。也因為是試算表形式，所以被迫用大量條列式的表達方法，這的確免不了如進文提及的刻板。其實他的整個立場就是從一名大齡剩女的刻板印象開始。我還覺得它有兩個問題，第一，這種條列式的結果或招式會不會重複太多了；第二個是結尾撐不起來，「新娘捧花和不存在的孩子加回來／（溫馨提示：都是為了你好）」，我們在等一個更大的結尾時，卻只把前面的事以另一種方式再講一遍，作者將整首詩最重要的最後一段完全浪費掉，我覺得是失敗的。

★二票的討論

〈植物寓言——在瑪麗醫院〉

李：這首詩越看越有味道。首先，它的畫面、視覺感非常強，有點像微電影一樣。它採取一種慢鏡頭的視覺運鏡，到後面時會發現它是越來越慢越來越慢。它是在生病與死亡的寂靜氛圍中，以那樣慢的運鏡，卻帶有一股生命力的流動。這個手法相當高明，我很少看到。作者善用隱喻去慢慢推動情節，詩裡植物與人或人與人之間那種若即若離的關係處理得幽微而自然。在視覺上是從不動到移動到移植、嫁接，沒有刻意安插，但這三種階段一直穿梭在整首詩的視覺裡面。文字樸素卻能讓讀者進入詩的影像氛圍裡，而且不同的人讀會有不同的理解。也就是說，這首詩是有很多的空隙在裡面，然後會有很多歧異性的解讀。

這首詩在表達生命其實是一種傳遞，這種傳遞包括接枝、移植還有移動，所以死亡並不是被接走，是會以另外一種生命形式活著。它會讓你覺得存在本身其實是動態的，作者提供另一種視角去看待生命，會讓人覺得它是悲而不傷。作者書寫時是有布局的，是很幽微的局，譬如一直慢下來的運鏡，及後面一再提到的「散尾葵」。散尾葵其實是熱帶的一種棕櫚樹，葉子是分開且有力的向四面生長，很多人種散尾葵就是取其有開枝散葉的象徵意義，這種四面騰展代表一種生命力，放在詩的後面說，就表示其實死亡不是那樣的悲觀，是帶有一種生命力。作者在結尾處將充滿生命象徵的散尾葵和一整排的墓碑並列，那種視覺的推動及畫面感非常的有意思。

羅：這一篇是我分數打最高的。這首詩在講一個人的衰老或一個生命慢慢消失的過程，整個故事像是某種動物演化到植物的過程。但他最厲害的當然是那種電影手法，視覺性超強，我不停的感覺到他拍的意象，呈現出來的畫面很多。那種屬於剪影式，也就是透過很強的室外光線襯托出室內物品的剪影非常多，所以我們不停看到光跟影的強烈對比，室內跟室外的強烈對比，動跟靜的強烈對比，移工姐姐跟老伯伯的強烈對比。作者將對比運用得非常熟練和精巧，它不只是粗淺的對照寫法，而是充滿了 insight 那種靈光一現的特殊的觀點。

簡單講這就是一篇沒有透過漂亮文字卻呈現出很多漂亮、深刻畫面的作品。最後「而在那裡，一整排的移植……」就是人最後異化為植物的過程，這個過程在第一段裡就講得很清楚，「牆上的人體血管透視圖。大量的血管／扎根體內，人看起來便像是／長著根鬚的／植物，但人怎麼會是不動的植物？而我慢慢地／走到走廊盡頭，一扇窗／之外，是鋪滿山坡的墳墓」這裡的剪接、運鏡都很漂亮。作者用很強烈的暗示手法，讓我們不停看到他希望我們看到的畫面，那畫面是會說故事的，我覺得很厲害。

白：這一篇當然在運鏡上有它的特點，但語言有點鬆散，非常的散文，而且回行非常頻繁，這是我不能忍受的。如果不用回行甚至是用長句，反而是我比較能夠接受。我承認他整個運鏡是成功的，可是寫法是不是可以更不一樣？羅青早期寫《錄影詩學》時也用運鏡的一些手法，使用很白的語言，但語言比較乾淨，而且在羅青的詩裡看不到這麼多回行。這首光是第一節到第二節的中間大概就回了二十次，是為了符合行數嗎？他寫得最精彩的是後面，可是分段分句也很亂，必須要這樣表現嗎？既然已經規定是五十到一百行，將句子更完整的展現，這樣在閱讀當中節奏感也會出來。

〈疼痛月會報〉

李：我本來想是不是寫錯了，應該是彙報，但有人是作匯錢的「匯」，這個「會」其實也是對的。就是根據這些題材，然後整合做一個彙報，共通點是疼痛，比方說移工思鄉的心痛、上班族的身體疼痛、經痛等等，作者以疼痛統合整首詩。簡單來說，這首詩是以泰式按摩為題材，對移工的一種敘述觀點，這很特別也很有趣。一般而言，這種新住民按摩師應該是很辛苦、悲摧，但在詩裡最悲摧的反而是台灣的上班族，幽默的地方有點反轉，這也很有趣。作者將上班族的心情描述得非常自然，帶點自嘲幽默及一點點哲思。

結尾收束得非常好，泰國按摩師如諸葛亮輕搖羽扇般將上班族重新拼成一個人，這場戰役移工打勝，失敗的是台灣女上班族。這種觀點的轉換充滿了趣味性，文字自然輕盈，讀的時候亦莊亦諧，是種不錯的寫詩技術，讀完後會有通體舒暢之感，似是也經歷了一節按摩。作者常有一些雙關語或是不經意流露的見解，節奏恰當，三言兩語將異鄉人的那種況味寫得搖曳生姿。人物塑造立體，結尾的「搖曳如扇」真的是神來一筆。

羅：這首詩我也給很高的分數。就如我在評判標準時提到，第一個要讓人家讀得很舒服。這首詩就是讓人讀得很舒服，熟練、平穩沒有敗筆。第二個就看作者布局的能力。這首詩只有五十行，可是作者所表達的訊息量感覺更多，卻不會讓人讀起來無法呼吸或透不過氣，這就是我所謂平穩貼心之作。

詩裡展現出兩個不同國家女子之間的惺惺相惜，文字跟形式都很相襯，整個來講我是非常喜歡的。整首詩從頭到尾就是娓娓道來，在不經意間透露出巨大的溫情。

李：我很喜歡最後「妳蒸熟椰漿糯米粽，黏度已足夠」，然後下一句就是「把我從零散不成形的肢體，重新拼回一個人」，它的「拼」不是刻意的，好像是用糯米粽把這個人重新黏回來，會讓人有神來之筆的感覺。

白：這個行數很取巧，用剛好滿五十行的最低行數來參加。題材是屬於情感性的相互溝通，寫得比較輕巧，節奏也還可以。但它的語言沒有太好，是看完會忘的，只記得那些惺惺相惜的過程。

〈關於存在的一些詞彙〉

白：這首詩表面上在談對失去跟死亡沒有那麼重要，用他的語言來講應該放在人生的最後。但通篇都離不開失去與死亡，最後還用走失、辭世、剩下這些詞來表達作者心理底層的焦慮跟恐懼，也等於是將生命意義濃縮在很短的時間裡去做思考。作者雖用了十四節來敘述這樣的過程，還好前後之間還是有一些連結，譬如用貓的出現跟結束來做前後的連貫，這是比較特別的。文字乾淨不囉嗦，帶點小哲理，是比較屬於隨筆、隨想形式的寫法。整體氣勢不大，在閱讀上是很舒服的一首詩。至於小標題上搭配的英文，建議可以拿掉，閱讀時感覺會更好一些。有些小節句子很短，甚至只有一行，卻讓人回味。以豐富性來講，這是首讓人讀後會思考、感受，再三細細品味的詩。而〈疼痛月會報〉的語言沒法讓人停留。一首詩重要就在它的語言能讓你停留，可以在語言裡出入。這首詩在這方面還算夠格的。

羅：它的語言風格及態度跟其他首是完全不同。在我飽受其他詩的欺壓後，終於看到有一首組詩舉重若輕，用短詩的形式，非常耐讀而且讓人耳目一新。這十四小節絕大部分都有很完整的靈鑿、洞察跟特別的觀點，所以我是很喜歡的。

我就是希望能看到更多類似用這樣的心境來寫作的作品，而不是每一首都一定要算計怎樣逼死讀者，把讀者的腦袋敲碎的那種寫法。這個作者就是帶著一個平常心，雖然是來參加比賽，卻好像最沒有把輸贏當一回事。

李：我是有一些意見，這些短詩有的還不錯，但有的單獨看就很普通，當然也能說他就是無求，但參加比賽怎麼會是無所求呢？其次是這些詞彙彼此間並沒有關聯性，好像隨時可以終止，也可以無限的寫下去。所以這就是一些短詩的組合，硬要我說，這不是長詩。題目是〈關於存在的一些詞彙〉，若將「存在」換成「生活」好像也可以，作者寫得比較多的其實是貓的意象，也許可以集中在這部分。所以我不認為這是一首是組詩，而是數首短詩。短詩就會有短詩的要求。謀篇會比構句要困難，這就是為什麼要徵長詩，作者用短詩方式就略顯取巧。

若從創意來看，我以前在遠足文化編過安布羅斯．比爾斯的《魔鬼辭典》，他也是一個詞彙一小篇，有點像詩、有點像哲理，反正是統合性的。但那位作者每條詞彙都用不一樣的觀點，以幽默、諷刺的方式去詮釋定義，這就是創意的部分。但這些短詩的每一個詞彙，並沒有什麼特殊的觀點，就是舒服。

評審針對九首作品進行第二輪投票。

■第二輪投票：

（採計分方式，最高以4分計，依次遞減）

- 9分〈植物寓言——在瑪麗醫院〉（白①李④羅④）
- 5分〈疼痛月會報〉（李②羅③）
- 4分〈陪他回家〉（白②李①羅①）
- 4分〈關於存在的一些詞彙〉（白④）
- 3分〈容器〉（李③）
- 3分〈試算表〉（白③）
- 2分〈女智齒〉（羅②）

經過反覆的推敲琢磨，第四十五屆時報文學獎新詩組的得主終於誕生，首獎是〈植物寓言——在瑪麗醫院〉，二獎爲〈疼痛月會報〉，佳作分別爲〈陪他回家〉、〈關於存在的一些詞彙〉。恭喜所有得獎者。

散文類

評審會議紀錄

張曉風

陳素芳

焦桐

敘事流暢 才是高明的散文

王大貴／記錄整理

第四十五屆時報文學獎散文類徵文共計收件三百五十七篇（包含來自東南亞四十二篇、港澳二十四篇、中國大陸五十八篇、日韓三篇，美加廿四篇，其他地區八篇），經初審委員彭樹君、廖志峯、關天林評選後，共有五十一篇進入複審。複審委員為宇文正、凌性傑、鄭如晴，複審結果有廿二篇進入決審，分別是〈天赦日〉、〈幫媽媽拍照〉、〈蜈蚣髮絲的女人〉、〈長沙雨季〉、〈花被子的記憶〉、〈在台北我滿身病〉、〈廈門街〉、〈飛鳥心事〉、〈錦鯉〉、〈試鏡〉、〈大佐麻糬〉、〈Roomless〉、〈觀神〉、〈魔術師的箱子〉、〈造山〉、〈涉世三日〉、〈站裡的人〉、〈被爸爸溜的人〉、〈野貓往事〉、〈幻病〉、〈囤物〉、〈剎車，然後前進〉。

會議於十月九日下午二時卅分中國時報會議室舉行，由中國時報人間副刊主編盧美杏主持，首先由陳素芳、焦桐、張曉風等三位決審委員推舉主席，主席由焦桐擔任，開始各自陳述評審標準，再針對廿二篇作品進行投票、討論。

張曉風（以下簡稱張）：這次初選跟複選的評審很用心，選出來的作品有很多樣性的表現，不但有寫親情的，用那種很天然的情感去感動評審，也有從廣泛的生活裡對自己及對世界的一種觀察。這是很有趣的，但在我們挑選時就覺得有些困難。我大概從兩個觀點來看，首先他是否充分表達現代的某個地區、族群的生活跟情感狀態，另外就是文字，看他的文字是不是夠好。

陳素芳（以下簡稱陳）：這次入圍的作品不論是在布局或結構上都沒問題，但有些作品用力太深、斧鑿痕跡太深，繞來繞去，反而沒有辦法達到想要表達的東西。另外有些作品題材很特殊，但特殊的題材除了能滿足讀者的好奇心之外，還可提供什麼能讓讀者產生共鳴？有一兩篇是有一點，但還是不夠。散文裡常見的親情憶往類型作品都還蠻符合台灣現況，包括寫家庭問題、老病，或是無助時求神問卜。其實台灣現在有一個很特殊的現象，年輕人很喜歡寫宮廟文化，不知是表示很接地氣，還是受了新鄉土、新鄉野影響，但有時候就只是流於某種形式而已，重點沒有寫出來。其實散文有時候就是小的地方要如何寫得很深刻；有的則是題材、野心很大，乍看很有氣勢，但作者功力不夠時會尾大不掉，讓人覺得怎麼每個都點到為止。所以散文是要寫深，最重要的就是要好看，好看就是要文句流暢，文句不流暢的就像一篇作文。難得的是有幾篇的確是很好看，讀起來也很愉悅，讓你馬上有一種閱讀的享受。

焦桐（以下簡稱焦）：這些作品大約有一半多一點我認為是比較平庸的作品，我發現平庸的原因跟台灣的敘事文學發展息息相關。我在看散文時，第一個會吸引我的是敘事手段、敘事美學，第二個我會注意到修辭，很多作品太過依賴成熟套語、形容詞副詞，然後疊床架屋，整個修辭糾纏得很厲害，這樣敘事是紛亂的。甚至有些人過度去做一種比喻時反而引喻失義。還有一些作品是平均用力，平均用力在我看來，幾乎就是沒有用力，會寫的人不會平均用力，清代戲曲家李笠翁所說的「立主腦」就是這樣一個觀念。作文一篇一定要有一個主腦，其他都是陪襯，不可能主幹都還沒出來枝蔓一大堆，這就是我所看到普遍的缺點。

有三分之一的作品寫得很好，敘事流暢。「流暢」其實是很高明的動作，並不容易，比如海明威的《老人與海》，第一段那麼長就只用了一個形容詞、一個副詞。

在三位評審陳述整體感想後，開始進行第一階段的投票，每位圈選三篇不分名次，之後再針對獲得票數的幾篇，逐一進行討論。

■第一輪投票結果：

1票：

〈Roomless〉（陳）

〈囤物〉（張）

2票：

〈幫媽媽拍照〉（焦、陳）

〈涉世三日〉（焦、張）

3票：

〈造山〉（陳、焦、張）

★一票的討論

〈Roomless〉

陳：這次的作品裡面有講到一些認同追索，一篇是性向認同、居住地認同，另外一篇是屬於個人身體的一種認同，兩篇都不錯，我選這篇是因為這是有層次感的。提到吃山竹時的描寫是有象徵意義的。本來我比較介意引用《富都青年》那一段，畢竟不是每個人都看過那部電影，但引的歌詞還勉強可以接受。

張：因為我沒有選，也沒有什麼意見。這一類的題材本來就不怎麼好寫，那好像你要在周邊去講一些什麼，卻又不能大聲疾呼，不能講出太多細節，所以是不容易施展。

焦：這篇敘事是相當平穩，描寫同性的戀情、生活，以及要面對的現實，因為這個現實，所以必須要去尋找。

〈囤物〉

張：我覺得〈囤物〉在反映現實上很真實，我和我很多朋友都有這個問題，就是買東西沒有考慮，包括買書、買高貴的東西也會，有錢就去買，但是買太多了，就覺得人生這麼短，實在不能處理那些東西。這個矛盾是古人比較沒有的。它反映了現代社會裡一個現實，用比較幽默的口吻寫出來，是蠻有趣的。

這種生活裡頭每一件事都可以寫，比之胡適之時代所要提倡的白話文還要複雜得多，因為胡適之想要用白話來寫普通的事情，可是現在的作者們把生活裡頭每一件事情都用白話寫起來，這一點是蠻有趣的，閱讀的時候是賞心悅目的。

陳：它這篇的觀點我完全贊同，我只不贊同的是他的文字，裡頭有很多文白夾雜，疊床架屋，這是我很受不了的。讀起來有點堵住的感覺，所以我沒有投，其實我喜歡他的概念。

葉：我也贊同，我覺得缺點是堆砌過度。

★二票的討論

〈幫媽媽拍照〉

陳：這篇是用相片說時光，也從相片裡比較過去與現在的拍照差異，然後從裡面也提到家庭問題。

焦：這一篇是我說的敘事流暢作品之一。講到敘事流暢時，除了《老人與海》之外，我又想到黑澤明的電影也非常流暢，像《羅生門》樹林那段一鏡到底，沒有剪接之外，十分流暢。流暢的好處是它會吸引我們的目光，讓我們跟著它產生一種精神的共振關係。這一篇就是敘述很流暢，作者在比較後面的地方穿插一些理性的思維，通常在一個敘事文本裡這會稍微提升它的高度。理性思維之外又加了一點攝影理論，雖然不多但穿插得很不錯，這是這一篇的優點。

張：如果說詩中有畫畫中有詩的話，這篇在講攝影的時候是有詩意在裡頭，敘述情節的時候也有畫面感在裡頭。他的畫面感作為一個攝影家來說，是處理得很好。但是我就是不滿意他文字上的不講究。比如「深怕遺漏一眼即逝的畫面」，應該是一瞬即逝或是一閃即逝。他的畫面感很好，但他的句構不是很好，又如「當時的我一臉哀求」這樣不完整的句子，文章裡有很多。這個作者在文字上不是很講究，再如「用濃厚的鄉音感嘆，人生顛沛流離，這樣影響人生的大事，從來都不是自己決定。」這個老兵一定是說這一生顛沛流離之類的，這種能夠更真實的表達當時的語言的東西，作者好像不太會用。病句很多，字詞的意義也掌握不到位，所以作者在選詞和句構上是有問題的。

焦：我完全能夠同意曉風對於他的文字的說法。

〈涉世三日〉

張：這個題目我覺得不錯，它好像是一個小型的冒險小說，就是一個年輕人，一路上用最省錢的方法去完成這個旅程，也是一個很簡單明瞭的倫理故事。作者沒有寫得很自我、很英雄化，就是寫得很有趣。就是一個鄉下孩子在要升大學的這個暑假裡頭所做的事情，簡單的小型的冒險，但是我覺得這裡頭曲曲折折也敘述了一些事情。

焦：這是我心目中的首選。其實一開始因為敘事者是一個剛高考完的孩子，所以我會看作是孩子寫的，本來沒有抱太大的期待，可是我越讀越動容，我想這麼成熟的作品，他將來會是一個充滿各種可能性的很厲害的作家。他的敘事非常流暢，整篇的敘事生動活潑、飽滿著生活感跟畫面感。我們看到前兩段只用兩個形容詞，就是滿臉痛苦講他爸爸，然後還沒好利索這樣，其實它是用動詞跟名詞作為修辭核心，很流暢，這種修辭是非常高明的修辭。這麼流暢文字相當的準確精煉，幾乎沒有廢話。它飽滿著深刻、樸素的人情，飽滿著父愛，這些這麼飽滿的敘事是通過很有效的行動表現出來。它也做到我剛剛講的清淡，高明的人會把越沉重的東西講得越輕鬆，這會讓情感內斂、飽滿。我對這一篇是有著高度的評價，就是非常優秀的一篇散文作品，我希望可以得到更多的支持。

陳：我有被你們說服。這篇的確是蠻好的，我當初看的時候，因為讀得很流暢，看完就是覺得就是一個冒險，當然也很有趣。焦桐分析得很對，他就是沒有用什麼形容詞，這相對於我們在看一些其他作品一堆形容詞，然後到底要講什麼，繞了半天還繞不進去，但是他這個就是很容易看下去，這的確是需要功力的。我當初覺得它有一點點極短篇小說，因為他寫的那些人物也很精彩，看起來不太費力、很好讀。

張：他在不知不覺中講到那個人性的善良，像老杜。基本上它就是看到很多小人物的好處，我們可以間接看到在每一個角落，其實還是有一些人想在體制之下把自己做到最好。

焦：作者沒有平均用力，高手就在這個地方。他就往總體方向在發展，就是剛考完試想到省城去見見外面的世界，然後記敘這三天的事情，所以素芳會覺得它有一點像短篇小說，就是因為他將一切不必要的陪襯往這個方向去稀釋——打開眼界，講那三天的經歷，然後就回到家了。所以這一篇也是將「立主腦」做得最好的。

陳：我重新再看時，不知道對最後一句是該褒還是貶，如果不加這一句會怎樣？

張：我覺得他這個工作可能是短期的工作，因為他要去升學了，所以他其實就是得到了一個短期的工作。

★三票的討論

〈造山〉

張：這篇是在說一位女性，因為平胸讓她自卑，一直到懷孕時才猛然警覺，乳房並不是要凸出來漂亮，而是要給孩子生存的，是母子之間的一個聯繫。那個時候她的乳房就出來了，乳汁也出來了，她才感覺到那個乳房的存在，以及乳房的意義。以前的作者大概不太敢寫，也不太好意思寫這類題材。作者將她的災難跟後來救贖的過程表達得很順暢，對這個女性議題，也是一個跟男性不同的器官，男性的器官一般人是看不到，但是女性的乳房卻是大家可以看到。當然也可以裝假的或是去隆乳之類的，但她在那麼年輕的時候受到這種事情的干擾，日子是很不好過的，後來得到救贖的過程寫得很讓人感動。因為這不是一個一般人敢隨便說出來的事情。

陳：我蠻喜歡這一篇的，它當然也是有文筆，修飾得很自然。有些地方寫很有趣、很妙，描寫女性自卑的地方，比如游泳池及買胸罩的那些經驗非常細膩，這當然只有女生才寫得出來，而且寫得很好看、很自然。題目也很有意思，用得很妙，所以這一篇我很喜歡。層次也很好，從小時候如何一路走來，為人母後才擺脫。這是一種女性對身體的正確認識，包括她一輩子都穿不合身的胸罩。以前女性主義者不是流行把胸罩燒掉嗎？她不是把胸罩燒掉，而是重新把胸罩穿上，可是就只是當作一件衣服，這也是另一種女性主義的思考。

焦：總括來說這篇作品是省思女性的身體，描述平胸女性的心理過程，從女孩到人母的生理及心理的變化，優點是風趣。在敘事上我們會去特別讚美一種清淡化的敘事手法，就是越沉重的事物，越是輕鬆化的去處理，而不是動不動就呼天搶地、捶心肝、詛咒。那她的手段是風趣，她用很風趣的辦法使內容清淡化，是蠻有趣的一篇作品。但缺點是文字記述不是那麼高明，有不少稍微過度的修飾是沒有必要，但整體來說是很不錯的一篇作品。

評審針對〈幫媽媽拍照〉、〈造山〉、〈涉世三日〉、〈囤物〉、〈Roomless〉五篇作品進行第二輪投票。

■第二輪投票

（採計分方式，最高以5分計，依次遞減。首獎為總分最高者須至少一位評審給予最高分。）

- 14分〈涉世三日〉（陳④焦⑤張⑤）
- 13分〈造山〉（陳⑤焦④張④）
- 8分〈幫媽媽拍照〉（陳③焦③張②）
- 5分〈Roomless〉（陳②焦②張①）
- 5分〈囤物〉（陳①焦①張③）

由於〈Roomless〉和〈囤物〉二篇作品同分，改舉手表決方式進行第三輪投票，一人一票計，由〈Roomless〉獲得兩票。

經過反覆的推敲琢磨，第四十五屆時報文學獎散文組得主終於誕生，首獎是〈涉世三日〉，二獎爲〈造山〉，佳作分別爲〈幫媽媽拍照〉、〈Roomless〉。恭喜所有得獎者。

短篇小說類

評審會議紀錄

郝譽翔

林黛嫚

林俊頴

特色鮮明 展現多元創意

王大貴／記錄整理

第四十五屆時報文學獎短篇小說類的徵文共計收件四百二十八篇（包含來自東南亞十九篇、中國一百四十七篇、港澳廿篇、日韓五篇，美加二十三篇，其他地區六篇），經初審委員吳億偉、凌明玉、邱祖胤評選後，有五十一篇進入複審。複審委員為吳鈞堯、陳文芬、盛浩偉，複審結果有十五篇進入決審，分別是〈衣車〉、〈薇薇安的母親〉、〈鳳凰〉、〈蝴蝶效應〉、〈么雞〉、〈AIKO 愛子〉、〈家庭對話〉、〈萬福巷的女兒〉、〈週期〉、〈慈婆壇〉、〈你說，蔣公到底看到什麼〉、〈房間〉、〈有棵聖誕樹在中心〉、〈病因〉、〈在地球之上〉。

會議於十月四日下午二時卅分於中國時報會議室舉行，由中國時報人間副刊主編盧美杏主持，首先由林俊頴、林黛嫚、郝譽翔等三位決審委員推舉主席，主席由林俊頴擔任，開始各自陳述評審標準，再針對十五篇作品進行投票、討論。

郝譽翔（以下簡稱郝）：今年稿件水準整齊都很好看。十五篇稿件中，大約有一半來自海外，而且以兩大類型為主：推理懸疑和驚悚。故事都很好看，但是也難免走入公式化的圈套，譬如經歷創傷之後的變態心理，或是復仇，或是救贖，人物形象也多臉譜化、公式化，是成功的通俗類型小說，可是就文學創意以及開拓性而言，似乎就略顯不足。相形之下，台灣的幾篇作品就好像是另一個面向，各具特色。有關於白色恐怖的政治諷刺，有網路時代的都會愛情、魔幻寫實鄉土地誌，及至內向書寫，就是疾病的憂鬱和瘋狂，還有這幾年來都很熱的——性別認同、同志課題，故事的張力比較是著重在心理層面的。

換句話說，我覺得今年是一大豐收，幾乎入圍的每篇小說都特色鮮明，各有可觀之處，這展現出台灣社會開放、自由風氣之下，創作者盡情展現出多元視野、新鮮的創意和活力，將這類型宗旨——說一個好看的故事，發揮到淋漓盡致。

林黛嫚（以下簡稱黛）：譽翔剛剛講的也是我的感覺。不管是台灣本土的作品，或是來自海外的作品，雖然壁壘分明但水準確實是很整齊，各有特色。我最開心的是從這些作品裡看到了各地方的生活，不管是中國大陸的小鄉鎮或是香港、東南亞，台灣的都會或是鄉下。透過這些作品能看到很多人在自己的家鄉、在自己的成長過程裡，面對自我、面對家鄉的其他人，然後在這當中尋找屬於自己的生活空間。這是一種普世價值，不管是作品來自哪裡都好，都會讓我們受到感染。

所以我看這些作品真的是非常開心，讓我也認識了很多未曾去過的地方，讓我知道那裡的人們怎麼生活及所思所想，這是很寶貴的經驗。但也很明顯的看出，不管是來自海峽另外一邊，或是東南亞的作者，他們比較著重於整個大環境的描述；台灣的創作者會比較重視內心自我的對話，風格明顯不太一樣，都有很好的表現。

林俊頴（以下簡稱頴）：兩位評審的意見我其實都相當同意的，我的想法也跟大家都很類似，這屆徵文主旨將影視小說改變成多元、廣納各類型小說是很好的嘗試，也是新的開始，這給創作者們有更大的創作空間跟自由。不論時代怎麼樣，欣賞故事和聽故事這應該是人類的本能，但如何找到一個好故事卻是越來越困難。

對創作者而言，要如何將一個故事講好，這是個很大的挑戰，我在這批作品看到他們的嘗試。之前看影視小說總覺得很尷尬，創作者們太遷就於畫面跟影像，這次好像從那個束縛裡釋放出來，專注於文字這個小說的本體上，把故事講好，所以它的精彩好看、對讀者的愉悅度就出來了。

這十五篇闖到最後一關的作品是相當的多元，題材相當廣泛，要怎麼在這個文學內容裡出眾，我相信作者也都是費了一番功夫跟巧思。我的意見也跟譽翔類似，作者們想辦法要在這方面戲劇化，就是如何荒謬離奇、妄想，如何去操縱所謂的心理劇等文章都紛紛出籠。其實通俗類型的小說一樣非常難寫，因為它很容易變成一個套路。要如何在套路裡殺出一條血路，要在這樣的故事裡帶出批判，並且有所顛覆，其實相當困難。這一屆真的是一個很好的開始，我們拭目以待。

在三位評審陳述評選的標準後，開始進行第一階段的投票，每位圈選三篇不分名次，之後再針對獲得票數的幾篇，逐一進行討論。

■第一輪投票結果：

1票：

〈么雞〉（黛）
〈家庭對話〉（韻）
〈你說，蔣公到底看到什麼〉（韻）

〈房間〉（黛）
〈病因〉（郝）
〈在地球之上〉（郝）

3票：

〈AIKO 愛子〉（郝、黛、顗）

■第一輪投票討論：

★一票的討論

〈么雞〉

黛：很喜歡這篇，它有陸劇《漫長的季節》的氛圍，完全是另一個寫法的《漫長的季節》，但是這個創意因為有一個這麼有名的電視劇在前面，所以我會稍微扣一點分。作者從頭到尾描述這個事件，還有寫當地人的生活方式都非常精彩。最後特別寫這個俊美的男孩是因為常被欺負才是自殺的死因是有點不需要，可是我真的很喜歡作者敘事的腔調，所塑造的故事感。

纈：這篇是我看得最困難的。像黛嫚講的，作者就是受《漫長的季節》的影響，這是去年在大陸是很紅的議題，電視劇很好看，所以我就有了成見。同樣是寫童年然後有人死掉的，還有〈在地球之上〉，我反而覺得〈在地球之上〉比這篇要好一點。

黛：〈在地球之上〉是台灣的成長小說，〈么雞〉是寫中國大陸的成長小說。我願意放棄。

郝：我沒看那個電視劇，即便沒有看過電視劇，也會懷疑這個刑警的行徑，為什麼會這麼投入？通常在處理時會是警察本身也有一個身世，所以在辦案時會去找到一個呼應跟連結，但在這一篇裡沒有做到這一點。另外我覺得作者太多東西都用夢境去解決，好像也過於巧合、方便，這是我沒有選他的原因，但是真的相當好看。

〈家庭對話〉

纈：這是十五篇裡我看得最愉悅的。其實故事很簡單，就是一個大齡女同志春節返鄉，面對大家族逼婚壓力。我認為作者在同志書寫裡開闢出了一條新的路，看起來很輕鬆俏皮、愉悅，可是底下其實是暗潮洶湧，有種壓抑的情緒在，但表面上並不顯現。整個結構跟布局是很好的，就是一個是返鄉與北漂的對照，另一個是面對大家族的真實生活，和網路上女同群組的兩兩對照，其實那種眾人七嘴八舌，對話犀利的場景是很有趣的。作者很有心的用這兩種比較來進行這篇小說。

接下來的母女之間的張力跟往來也是很有趣，寫得很到位、很有感情，加上其中語言的運用，譬如說敘事者家裡是做麵筋的，家中生財工具往往很多是缺角。缺角的台語發音是 khih-kak，在台灣話裡也有不成材、不成器的意思，這其實也是暗喻，將不對家裡出櫃的心理傷害，藉用「缺角」來暗嘲自己，這點其實是很有趣的。我覺得通篇下來，作者用真實與虛擬、返鄉與離鄉、我與母親、家庭及婚姻，此外安排有另外一個奶T公證結婚，這些都是很有意思的。小說結尾看起來是個喜劇，但並沒有公布真正的結局，整篇小巧，作者寫出了一個不落俗套的新類型，所以我是很推崇它的。

黛：如果能再選一篇我就會選它，我也蠻喜歡這篇。敘述者確實是用很輕鬆的自嘲口吻來描述自己這樣的大齡女子生活，但有些地方如彭佳慧、月經，套路太通俗而缺少一點文學性，這部分有點可惜。作者描寫這樣的一個賣麵筋的基層生活方式是相當到位，所以我也可以支持。

郝：這一篇我也可以支持，如果能再多選一兩篇就會選到它。因為真的是讀起來好開心，寫得相當精彩、活靈活現，很像女同版的〈俗女養成記〉，它很有拍成影視的潛力。它的語言是非常鮮活的，譬如說奶T的愛情片拍成恐怖片，很多地方都會讓人噗哧一笑。這裡很多篇不是非常陰暗就是非常沉重，但看到這篇，讓我們有一點如釋重負，它就像俊頴說的，它為同志書寫打開了一個新的，更為真實的類型。

〈你說，蔣公到底看到什麼〉

頴：這一篇好像在其他的文學獎有看過，但我就是想選一個不同類型的小說，但我對這篇是有意見的。首先，我肯定作者一定是個會寫的作者，整篇他製造懸疑，利用一個很老套的東西換一個角度，從老蔣的攝影師來寫白色恐怖，作者是出了一個相當好的奇招，這是我讚美他的地方。他是個有想法、有技巧，知道怎麼樣寫小說的創作者，接下來我就要開始講他的壞話。

這就是一篇完全政治正確的小說，或許是要走捷徑，但有很多地方都疏忽了。譬如現在已經有這麼多寫二二八、寫白色恐怖、寫威權的，從藍博洲他們也好，或者從

《返校》這些執政黨要做的東西也好，我更希望創作者能夠提出不同的想法，寫出不一樣的東西，可是他沒有，在很多地方到緊要關頭時都會含糊帶過，這是個很不好的地方，譬如這篇小說裡最主要的就是攝影者的角度，也許創作者的用意是要彰顯白色恐怖那種只聞其聲不見其人，卻讓人感到緊張恐怖的效果，所以從頭到尾這個「胡照相」只出現了那麼一點點，完全無聲無色，你不曉得他到底長什麼樣子，就我看來這樣安排並不算成功。這有一點像馬奎斯《百年孤寂》裡馬康多的那一條街，整條街都在白色恐怖的籠罩之下，我反而很想說你就出奇招吧。其實白色恐怖既然是一件當時那麼普遍、家常的事，若能顛覆一下，寫出一個在這種氛圍下，村民其實日子照過，反而能殺出一條血路。作者在這方面太取巧了，譬如因為參加讀書會整個家就完蛋，以前就有人寫過了。當然我對這位作者有珍惜的心態，他可以寫更好。

郝：我覺得他就是沒有改，裡面很多瑕疵都還在。這篇是我的前六。這真的是一個有才華的作者，他應該是非常熟悉文學理論，會利用照片、攝影、觀看、展覽這些對於文學專業者都非常熟悉的符碼，拼貼在一起，書寫白色恐怖年代那種好像無所不在的威權、恫嚇，到處都是鬼影幢幢。也刻意安排了些警句，譬如「真實永遠是追不到的。一旦它進入相片裡面，它就跑了。跑到外面去了。」等等，用這個來作為一個政治隱喻。作者有備而來，而且相當聰明，可是也可能太聰明，所以有些在小說裡面最重要的血肉，譬如說「胡照相」這個主角，變成只是一個符碼而不像是真實的存在；另外為什麼要寫「葫蘆墩」這條街？那個革命到底是什麼？背景都很模糊，對現在年輕一輩而言，白色恐怖跟革命都變成符號，已經失去真實意涵，這時候就會有一點危險，這會讓讀者跟不上他的速度。但不可否認，這是一篇具有創意、很可以被論述的小說。

黛：我覺得他是個知道理論但不知道時代的創作者。他寫的那個過程，到底是七零年代、八零年代、九零年代，非常的模糊，（頴：他不需要去解釋。郝：那就是一個符號，蔣公也是。）可是我的意思是，這樣我們就看不到血肉，看不到生活。然後「妹頭」到底是什麼用意，作者到底是要藉由「妹頭」去展示什麼我找不到方向。我雖然因為它題材特別很想支持，可是我實在是沒辦法。而且他的諷刺讓我有點不舒服，應該要先有尊重再去打破它。

〈房間〉

黛：〈房間〉它有一個缺點，我先講缺點，其他就都是優點。它的缺點就是我不喜歡喝尿這樣一個設計，雖然事實上在中醫的理論是有，但是大部分是喝自己的尿，喝別人的尿會不會達到調節身體的效果呢？（郝：宅男會去買。頴：像在日本會有人買女高中生的原味內褲。）這一篇其實是有一種很魔幻的色彩，作者把魔幻的氛圍塑造得相當成功，所以我會支持它。從頭到尾好像就跟著敘事者去了解這個房間的樣子，住在這房間的人為什麼要做這些事，以及她在這個房間裡面發生了什麼，敘事者自己跟他的人生怎麼去對照的這個部分都寫得很好。

作者藉由這個奇特的女子及家具店員工去發現的那種偷窺意象，將女子的部分與主角的生活對應得很好。文字也很棒，作者塑造出的房間氛圍讓我們很容易進入，譬如「她在兩個身體之間挪出了一絲縫隙，冰涼的空氣從那裡滲進來。」因為他一開始就寫「房間的末端，有一台大得不成比例的冰箱。」冰箱打開有光，這很有畫面感。還藉由主角父親及出現過兩次的男人，看起來好像很荒謬、有諷刺感，可是又很符合這樣一個魔幻氛圍。總之，這篇從頭到尾的小說腔調都掌握得很好，最後一段又藉由主角在卡片上寫的東西，就把自己為什麼在這個不存在的房間裡，呼喚著把它變成現實，做了一點呼應，所以它是有頭有尾很成功的一篇，希望你們兩位也可以再考慮。雖然我不喜歡那種像日片裡的情節，但這並不妨礙作者所描述、想要達到的目的。

頴：這篇我剛開始看時是有列入選擇，若多選一兩篇我也會考慮投給它。我對這篇的感情跟看法是很掙扎。整篇就是一個文青體，作者嘗試著寫很傳統、很古典、很現代主義式的東西，將性大力的發揮。我相信很多讀者會看得很不舒服，可是這就是作者的用意所在。包括女人賣尿，父母的關係以及見到買家，那一層層都是他處心積慮堆砌出來的，我認為都可以成立。如果說他是要寫一個很古典、很傳統的六零年代初期現代主義下的那種人的疏離、變態種種，當然很多人都會同意。所以這篇其實是一個相當古典的小說。可是我看著看著閱讀上面的潔癖感就會跑出來，有必要這樣灑狗血、下狠招到這種地步嗎？裡頭很多的對話都太文青，包括情節、人際關係都操作過頭，寫得太猛了。我就是在投與不投之間掙扎。

郝：這篇的氛圍是很迷人的，作者也很會說故事，把人帶入一個又一個的情境。他設計的這些環節，譬如說房間的象徵意義、尿液或是性愛等等，都可以找到它的寓意。所以在某種程度上來講，我同意你說的，這是一篇很古典的作品。就是藉由這個房間來寫，每個人都困在自己的世界裡喃喃自語。可是我有一點跨不過去，就是主角和他的父親都是送家具的，那名女子應該是個貴婦吧，因為她可以這樣訂製家具，而且家裡應該也很大。一個貴婦怎麼會就這樣子跟他們父子都產生關係？（黛：所以我一開始就說是魔幻色彩。）如果這樣解釋的話，我就覺得作者設計的痕跡太明顯，然後文青的氣味太強烈，在裡面造成了某種矛盾，對讀者而言，好像有一點沒有辦法被說服的地方。這是很完整的，有很特別氣氛的作品，但裡面太多巧合在一起，可能就像俊頴說的，做得太過。

〈病因〉

郝：作者太會寫了，他的文字及勾勒感官的能力其實是很強的。作者用很豐富的視覺、嗅覺及聽覺這些感官的意象去勾勒出一個好像被死亡困住的小鎮，還有家庭空間。它的色彩濃郁，風格強烈，包括裡面人物形象，會讓人一直聯想到《小丑》這部電影。這裡也融合了懸疑推理、心理驚悚、瘋狂等幾大現代流行的元素全都到位，可是沒有落入通俗劇的圈套裡，我覺得這是很難得的。作者是用感官氣氛去吸引讀者一步步看下去，因為不知道發生什麼事，甚至會被敘事者欺騙，譬如文中「帶有誇大、象徵和隱喻的成分，不能作為真實的臨床診斷。我很敬佩你不停地質疑我們，通過塑造一個極端的人物形象，提醒人性的複雜性和社會的畸形性……。」這段話簡直就是這篇小說的註腳。這真是一位非常有自覺性的作者，很會操弄、辯證敘事語言，讀起來相當痛快。父母親的部分雖然說得不多，可是最後整個世界秩序都翻轉，而他只是點到為止。標題下得不錯，唯獨「鬍鬚男」就不太明白在幹嘛。這是一篇很曖昧，但是充滿了想像空間的作品。

黛：如果再多選一兩篇，我也會選到。因為作者所敘述的那個氛圍確實很迷人，但他真的沒有講清楚，文中的父母親無論是不是主角殺的，後面的情節有點不太合理，到底主角是被當犯人審訊還是精神病患，這個部分他沒寫清楚。主角生病的原因讓讀者自己去猜，也許是軍人家庭的嚴格教養，或是部隊要求撲殺豬場裡被污染的活豬，所造成的心理創傷，這裡沒有寫清楚。

潁：這篇我覺得和〈慈婆壇〉很像。在〈慈婆壇〉裡主角就表明是位女同，可這篇好像是偽裝成一名男同志，我也不確定主角到底是男是女，文中的鬍鬚男或者賣保險的經理都沒有交待清楚，剛剛黛嫚也講得很清楚，這整篇是個受審訊的獨白，那主角是不是已經被官方判定為精神病患，所以能自由來去？

這篇基本上也算是心理驚悚的作品，所以很多東西是不需要交代原因就直接蹦出，譬如主角與父母之間的關係、弒親究竟是真實行為還是妄想。在我自己的寫作經驗裡，或是作為一位老讀者的經驗裡，這類型的創作應該起碼有兩條路徑可以選擇，一條就是將這種混亂跟精神推演到極致，就像《小丑》，不需要交待任何的來龍去脈，我就是在用我的小說展現一個人的心志可以瘋狂紊亂到怎麼樣的地步；另外一條，作為作者要能夠跳脫出來，讓讀者看清、釐清這個故事的用意跟意義在哪裡。可是我覺得它和〈慈婆壇〉這兩篇的作者是陷在裡頭沒有跳出來，這方面是很可惜的。

〈在地球之上〉

郝：這一篇其實是悲傷的成長故事，也是一個魔幻寫實的鄉村地誌。作者把一個彷彿與世隔絕、充滿迷宮小路的村子，勾勒成台灣版的《百年孤寂》。地球是外面的世界，是自由的隱喻，是逃脫的出口。相對應的是村子裡的人好像都被困在迷宮小鎮裡，一連串的死亡突如其來，處處都是鬼影幢幢，而小說最後「就像是一場大型的捉迷藏，所有大人都在當鬼。」這結尾真的是讓人覺得好悲傷，好像看不到出口。作者形容地球的頂端就是水泥灰，像是老人的禿頭，這個部分是相當沉重的。幸好作者採取的是一個孩子的視角，所以語調帶著童話般的戲謔，譬如談到司馬光也想不起來的水缸，或是大伯之死等等，沖淡、調和這篇小說過於沉重的氣氛。意象畫面飽滿，也讓它成為一篇成功的成長寓言。

黛：這篇確實是有寫出了某個鄉鎮的面貌，我們能看到產業道路、鐵皮工廠，或者是小孩子遊玩的地方。可是我覺得很多成長小說作家並沒有寫出新東西，「賴齊輝」的這個也都可以預期，所以我從開始看就覺得沒什麼特別之處，沒有特別支持。

頴：其實這篇是好看的，就是精心布局，用地球儀寫整個故事的曲折，基本工做得不錯。唯一我看了會很不舒服的地方，就是那個文青的腔調總忍不住會跑出來，如果作者能把文青腔刪掉，或者改得更直白一點會好很多。這些東西應該是作者苦心經營出來的，但他沒有料到放在整篇小說的脈絡裡會變成破壞力。

★三票的討論

〈AIKO 愛子〉

郝：首先語言相當精彩，不假修飾，但處處都是警句。一開頭的「人躺著的時候，與站著的時候，是不同的人格。」很有張愛玲的功力，冷冷的嘲諷，不動聲色卻是一針見血。我也很喜歡他的篇名，裡面就是在講愛，但也和回音 echo 諧音，這個設計很巧妙。就是主角看前男友的現任女友，這也彷彿形成了一種相互照鏡的回音。題材非常有趣，很吸引人。將現代年輕人的ＩＧ打卡，網路社群的新情感模式，寫得活靈活現。讀的時候會想到自己好像也做過類似的事，在社群平台上像偵探一樣找線索，就像諜對諜一樣。我們在偷窺別人，但別人也是在展演。我很喜歡這篇小說，有嘲諷但不會流於刻薄，有情感卻不耽溺、偏執，分寸其實拿捏得恰到好處，真的是相當不容易的一件事。是一篇我相信很多人看了都會很喜歡的作品。

黛：這是非常有影視小說規模的一個作品，而且字數離上限還有兩千字。作者能這樣從容的去對應這悲傷的主題，也確實將現代人如何面對感情的創傷描寫得唯妙唯肖。他的文字非常好，譬如「點入湯的個人主頁，感覺就像戒酒半年的第一杯威士忌，飲控期間的午夜炸雞。」這種意象的描述真的非常準確。主角發現愛子也是被拋棄的段落實在是非常精彩，他將這種上帝或是男友視角的惡趣味描寫得活靈活現。最後結局就是主角發現了真相，愛子並非那麼完美，將自己這三個月的跟蹤——「這三個月來無光、漫長、瑣細的窺看」，通通得到了救贖，這是一篇非常令人讚嘆的作品。

頴：這篇其實是領先其他很多，就像譽翔說的，一開始的切入點就準確得不得了，作者也由此衍生出，真實生活上所謂的愛情、與男友的關係，跟架空、藉著網路、社交平台上的並行來開始這個故事。他真的是非常厲害的一個寫作者，其實這是一個很平常的故事，但他能寫得這麼好看，又有意思，它的底層其實是隱藏著這一輩人的感情到底是架構在什麼東西之上，作者對此是有反省力、有批判力的，這是它尤其棒的地方。

我認為寫通俗的題材時是要有顛覆的力量，甚至要能夠帶點刺，讓人去反省，這才是最有意義的地方。那個刺青師其實是很有嘲諷的力量，愛情到底是愛那一層皮肉或者是一件很膚淺的事情。我們傳統就是愛恨入骨，可是這個女刺青師的每個環節其實都安排經營得非常到位，而且是有力量的。最後主角親眼見到愛子本人那裡，我是有點驚心動魄的，刺青師拿著自拍棒營造被愛氛圍的那種諷刺感，讓我也難免會想：到底網路有沒有性別的區別？是不是比較以男性為主的？結局真的很有力量、很諷刺，很適合拍成一個小電視劇。

評審針對以上七篇進行評分，採計分方式，最高以４分計，依次遞減。

■第二輪投票：

（採計分方式，最高以４分計，依次遞減）

・12分〈AIKO愛子〉（顥④郝④黛④）

・8分〈家庭對話〉（頴③郝②黛③）

・5分〈在地球之上〉（頴②郝③）

・3分〈房間〉（頴①黛②）

・1分〈么雞〉（黛①）

・1分〈病因〉（郝①）

經過反覆的推敲琢磨，第四十五屆時報文學獎短篇小說組的得主終於誕生，首獎是〈AIKO 愛子〉，二獎爲〈家庭對話〉，佳作分別爲〈在地球之上〉、〈房間〉。恭喜所有得獎者。

記憶對話：第 45 屆時報文學獎得獎作品集 / 盧美杏主編 . -- 一版 . -- 臺北市：時報文化出版企業股份有限公司 , 2024.12
面；　　公分 . -- (新人間 ; 435)
ISBN 978-626-419-016-9(平裝)

863.3　　113017548

ISBN 978-626-419-016-9
Printed in Taiwan

新人間 435
記憶對話：第 45 屆時報文學獎得獎作品集

主編　盧美杏｜編輯　謝翠鈺｜校對　盧美杏、王大貴｜企劃　鄭家謙｜封面設計　楊艷萍｜美術編輯　SHRTING WU｜董事長　趙政岷｜出版者　時報文化出版企業股份有限公司　108019 台北市和平西路三段 240 號 7 樓　發行專線—(02)2306-6842　讀者服務專線—0800-231-705・(02)2304-7103　讀者服務傳真—(02)2304-6858　郵撥—19344724 時報文化出版公司　信箱—10899 台北華江橋郵局第九九信箱　時報悅讀網—http://www.readingtimes.com.tw｜法律顧問　理律法律事務所　陳長文律師、李念祖律師｜印刷　勁達印刷有限公司｜一版一刷　2024 年 12 月 06 日｜定價　新台幣 400 元｜缺頁或破損的書，請寄回更換

時報文化出版公司成立於 1975 年，並於 1999 年股票上櫃公開發行，
於 2008 年脫離中時集團非屬旺中，以「尊重智慧與創意的文化事業」為信念。